長い時間をかけた人間の経験

hayashi kyōko

林 京子

講談社 文芸文庫

目次

長い時間をかけた人間の経験

長い時間をかけた人間の経験

一九九九年・世紀末の春に

花も咲けばやがては散りますねえ、と満開の桜の花の下で、詠嘆した先輩がいた。十七、八歳のおとめだった私も、さすがに笑い出しそうになったが、そうですね、とたわわな花のトンネルを見上げて答えた。半世紀も昔の話である。しかし、生きてみて、これ以上の本当の話は世の中にはない。あまりにも当り前すぎると笑いたくなるのだが、後で、事の深さに気付いて愕然とする。

去年の九月の中旬。地面にも空にも盛夏の火照りが、まだ残っていた。私たち三人は、小さな山の裾に立っていた。頂にはこの半島の、観音巡りの札所の一つである寺があった。

山は高くはないが、野生のぼけやつつじが茂って、寺の石段は、急な斜面を頂まで上っている。山裾から一、二分も歩くと、半島を巡る海に出る。私たちは海の道に車を停めて、海風が抜ける細い道を歩いてきたのである。海にはヨットと漁船が停めてあった。

札所巡りですか、付き合います、と同行を申し入れてくれた二人の青年、FとTと、私は、遍路の第一歩を頂に向けて踏み出した。

スニーカーを履いた青年たちは二段、三段と軽ろやかに、飛び飛びに上っていく。ばねが利いた、老いには遠い手足の跳躍である。上っていく彼らをみていた私は、不安になった。半島の「観音札所巡り」を読むと、三十三ヵ所ある札所の寺は、七割が、山の頂か中腹に建っている。遍路の旅の道標となるご朱印をいただくためには、上って、下りてこなければならない。膝頭が、また痛みはしないだろうか。

だが決めたことなのだ。膝頭の痛みぐらい、何ほどのことがあろう。八月九日に、すでに壊された体ではないか。私は快晴の空を仰いで、逝きにし友よ、師よ、この遍路の旅が終わります日まで、両の膝を守ってください、と念じてから、百数段ある石段に足をかけた。

強い横風が木の間から吹いてきて、寺の境内に私たちは立った。

緑が違うよ、と風に揺れる境内の木の梢を見上げて、青年たちが話している。太平洋から吹いてくる潮風に、人や車が排出するガス臭い汚染物質は、吹き払われるのだろう。半島に車が入ったときから、空気も樹木の緑も、土の色も違ってきていた。特産物の冬大根の種播きを前に、赤土の畑は深く耕されて太陽をいっぱい吸い、枝を広げた木木の葉は黒潮のようにうねって、輝いている。曖昧な中間色は、景色の何処にもなかった。

寺の本堂は、石段を上った正面である。用意してきた硬貨のさい銭を、私たちは木の箱に投げる。驚くほど大きな音が、ばらばら、と散った。お参りを済ませた私たちは、人の話し声がする庫裏へ廻った。座敷の障子は開け放されており、日焼けした畳に婦人が二人、坐っている。カナの「江戸小歌」の、名取りの名が入った手拭いを出して、札所のご朱印をいただきたいのですが、と私は、窺いながらいった。はじめての経験なので、ご朱印、という私には縁がない言葉を口にするのも、気恥しいのである。

ちょうどよかったです、畑から戻ったばかりですよ、寺もお百姓をしなければ食べていけないご時勢でね、とトマトやキュウリを入れたざるをモンペの膝にのせた婦人が、横坐りしていた膝を正していった。優しげな老婦人である。住職はお盆の時期なので、檀家巡りで留守だという。住職の代りにご朱印を捺してくれた婦人は、ゆっくり涼んでいってください、風だけがご馳走です、といって、御堂のほうを指さした。

御堂の前は、さっき私たちが横風を受けた、広い境内である。境内を横切った左手の山の下が、海である。植込みの間から光った海がみえる。私たちは、境内の端に立った。山一つが、寺の敷地のようだった。小さな波頭が立つ入江を、ヨットが出ていく。

忘れていたなあ、とFが、海をみていった。FとTは新聞社の、社会部の記者である。都会のまんなかで、夜も昼もない毎日を送っているので、自然に目を向ける暇はないのだろう。そして、この無音の世界。人工的な物音に囲まれて働く者にとって、無声映画のような風景は、忘れていた世界なのだ。

しかし妙なんだよね、この景色、みたことがあるんだ、うん、確かに、と丸首のTシャツを着たFが、いった。青年たちは、東京育ちである。遠足で？ とGパンをはいたTが、静かな声で聞く。近くの都市の小学生たちは五、六年生になると電車に乗って、半島の海岸まで遠足にくるのだそうだ。

遠足にもきたな、だけどそれとは違う、とFが首を傾げた。

入江をはさんだ対岸の山の斜面に、白壁の洋館がある。緑に包まれた建物は、どこかの会社の、保養所だろう。特に変わった風景ではない。でも、海や砂浜や、山のてっぺんがちょっと、窪んでいる形に覚えがあるんだ、といってから、そうだ、オヤジときた、とFが元気に叫んだ。小学校一年生のころかな、二年生の春にオヤジ死んじゃったから。どうして思い出したのだろう、ずーっと昔のことなのに。Fの言葉に私は頷いた。振り返って数えてみると、その時から年の数だけ、年月は経っている。そしてその時その時の思いは、スプレーで押し固められたように凝縮して、一人の人間の内に、仕舞われている。記憶の粒子に、過去に似た香りや湿った風が触れると、記憶は忽ちふくらんで甦ってくる。年月は長いようで、短かくもある。十七世紀十八世紀といえば、暗黒の彼方の世界、と私は思うが、たかだか百年前、二百年前。私だって一世紀の三分の二の時間を、生きている。百歳を越えてなお元気な人もいる。凄いことだ。凄くはあるが、一人の人間が生きられる一世紀など、他愛ない時の流れでもある。きのうも今日も、たいした差はないのである。

住職が戻ったようだった。読経の声が流れてくる。婦人たちも唱和している。声の間を縫って、鈴の音がする。リーン、リーンと震えながら、何とも美しい鈴の音色である。一音一音、音は銀の輪を描いて先の輪とからみ、海に吹かれていく。これを極楽に住む迦陵頻伽の声、というのだろうか——。

眼下の海は、朝陽に輝いていた。入り組んだ海岸線を辿っていけば、私が住んでいる町に着くことができた。

辿っていった海辺の町の山の頂に、一人の哲学者が住んでおられた。敬語を遣ったのは、それに相応しい思索の人だったからである。

麓の町に住んでいる私は、年に二回か三回、山を登って、哲学者の家を訪ねることがあった。遍路をはじめた、ちょうどその年の夏の終わりに、哲学者はこの世を去った。年が明けると私は山を登って、喪に服している夫人を訪ねた。花壇のなかを降りていく私を、テラスに立って眺めていた夫人が、暖かですねえ、きょうは、とほほえんでいった。汗ばみました、春ですのに、と私は答えた。

庭下駄をはいて下り立った夫人が、これ主人の木なの、と庭の斜面に植わった一本の梅の木をさして、いった。テラスからみえるように、あの斜面に紅梅が欲しいね、と植木屋を呼んで、植えさせた木だという。

私は、盛りをすぎて茶褐色に枯れた水仙の花の間を歩いて、梅の木の側までいった。幼い木だが、蕾を沢山つけている。そのなかから、青く伸びた若い枝を二枝切って、夫人がくれる。鋏を入れると幹が揺れて、枝や蕾の間から、光が夫人の足許に散った。

もらった紅梅を、私は部屋の床の間に生けた。あずき色のガクに抱かれた小粒の花は、静かな、少しばかり尖った香りである。哲学者が好んだ紅梅は、八重の花である。

紅梅が植えてある斜面からとろとろと下ると、平らな庭になっている。テラスの前庭である。そこに数本の、桜の古木が植えてある。毎年この吉野桜や、海に向かって下る斜面に咲く山桜を囲んで、花見が行われる。昨年も、降ってくる花びらの下で宴は開かれた。

桜の枝を渡り歩く子持ちのリスの家族には、殻付きの落花生がふるまわれて、客たちの一人一人に、哲学者はワインをついで廻った。恒例になっているギターの爪弾きに代って、はじめてみせる行為だった。それが別れの花見となった。

危篤の電話を夫人からもらうと、私は入院先の病院へ駆けつけた。親しかった三、四人の紳士が一人、一人、別れを告げている。私は病室の入口に立った。

明るい草色のスーツを着た夫人が、ベッドの横に坐っていた。酸素マスクをつけた病人の呼吸は荒れていて、その夫の白髪に長い指をさして、静かに掻き上げている。荒い呼吸を続ける夫の耳許に口を寄せると、おかあさんですよ、と夫人がいった。夫人の愛称らしかった。わかりますかおかあさんですよ、ここにいますよ、いつもと変わらない穏やかな口調で、再び夫人が呼びかける。荒れていた哲学者の呼吸が、そのとき、ふうーっと静かになった。

昏睡状態にある夫の心に、妻の言葉が届いたようだった。花の下でワインをついで廻った日の、平和で、気品のある顔に還った哲学者を、私は見詰めていた。

半世紀を添い遂げようとしている妻の声は、この世で哲学者が耳にする、最後の声となるだろう。妻の声と言葉は、中国哲学の第一人者と評価されてきた学者の心を癒してくれる、究極のまことなのだろう。夫と妻、男と女の魂が寄り合った瞬間の光景に、私は感動した。これ以上の死と、安らぎは望むべくもないように思えた。

昭和二十年八月九日に被爆して以来、私も心身の安らぎと、平穏を探してきた。あるときは母に求め、夫に求め、我が子の澄んだ瞳に安息を求めた。しかしどれも刹那で、八月九日に向き合って生きるより、身の置き場はなかった。植え付けられた原爆症という三文字は、被爆者の背に張り付いており、油断をみせると、くるりと身を翻して表へ出てくる、死を意味している。あきらめたり、安心したりしながら、沢山の学友を私は見送ってきた。学徒動員中の工場で被爆死した友人たち。先生たち。傷が癒えないまま死んでいった友人たち。生き残った私たちは、還暦を迎えた。これも彼方の過去になった。

人生の峠に立って振り返ってみると、麓から峠へ登る道筋には、大勢の学友たちが佇んでいる。おかっぱ頭の少女たち。手術を繰り返しながら毎年、三人四人と、この世を後にしていった学友たちである。そしていま私は峠の風にさらされながら、夢中で駆けてきた道を、眺めている。八月九日の死神に足を取られないように、走り続けてきた道だ。

小川国夫氏の最近の書『聖書と終末論』のなかに「死に走り勝った」という言葉がある。この言葉をみつけたとき、やった！　と私は、部屋いっぱいに両手をあげて、叫んだ。もっとも、作者の意図は全く違う。

生きながらえた事実は、八月九日の死の火種をおこすことなく、一応、退けたのである。ここまで生きてくればもう大丈夫——。

歓喜の叫びをあげてから、はて、と私は首を傾げた。誰に向かって私は喝采を叫んでいるのか。また、何が大丈夫なのか。とにかく大丈夫なのよ、両手を広げておおいかぶさってくる「死の許容範囲」から脱け出したのだから。私は自分にいった。天寿に、待ったをかける命の短縮こそが、原子爆弾と人間との間に交わされた、約束なのである。長生きしたからといって、九日の死の許容範囲と「許容量」から逃げのびたことにはならない。九十九パーセントを八月九日に結び付けて考えていた死への恐怖が、薄れただけのこと。それだけ私が年をとった、ということだ。

考えがここまで辿り着くと、私は愕然とした。目の前に、老いた末にくる老醜の死があった。考えてもみなかった、新手の死である。降って湧いた——私にとって、だが——人並みの老死を、よろこんでよいものなのか。いや、約束が違うよ。

私は被爆者だから、被爆を根にした死に的を絞って生きてきた。死に選択肢ができたのは贅沢な話である。が、しかし。半世紀をかけて埋めてきたパズルの最終にきて、一片であったはずのカードを二枚に増やされても、困ってしまうのだ。もう十年ほど前の話になるが、一九八八年の春、私はアメリカの大学で、八月九日の体験を話したことがある。五十人ばかりの、教授や大学の院生たちが集まってくれた。話が終わったときに、一人の女性科学者が立って質問をした。あなたは遺伝子の問題を気にしているが、被爆と遺伝子の畸型化は関係がない。そのことを知っているか。知っているならどう思うか。通訳を通して伝えられる問いに、私は啞然とした。遺伝子の問題は早急に答えが出る事柄ではない。問題ありとする学者、なしとする人、不明とする人、確かな答は、その時点では出されていなかった。が、科学者であるのなら、不明は不明として扱うべきではないのか。しかもより黒い、とされている放射性物質と人類の遺伝の問題であるのに。そうであればとてもハッピーである、と私は答え、着席した。女性科学者の質問に、聴衆の教授たちは小さな声をあげ、数人が女性科学者を囲んで、討議がはじまった。話の内容は判らないが、そこには学者のグループらしい熱気と、群れるメダカの面白さがあった。女性科学者の確信に満ちた発言は、根拠のあることなのだろう。いずれであっても、勝者の国の論理、私にはそう受け取れた。もし彼女の証言が正しければ、私の今日までの生涯は何だったのだろう。私は、道化の人生を生きてきたのだろうか。そのときはじめて、もしそうであるなら私の人生に対する賠償をアメリカ合衆国へ要求したい、と本気で考えた。

新手の死の出現は、科学者に反応したときの、過去に肩すかしを喰った気持と似ていた。被爆者には被爆者の、意地がある。あの一日が、一生に差し入れられたカードの一片であるなら、その死に殉ずるつもりでいたのである。

新しく立ち向かわなければならない、老いの死に想像を巡らすと、恐怖を感じた。本命にある死と、新参者の死と、どう折り合いをつけていくか。死は死ではないか、と笑わないで欲しい。九日に基をなす死を納得させるために、私の半世紀はあったようなものなのだ。

机の前に坐って晴れた日は青い空を見上げ、廊下のガラス戸を叩く夏の雨には、うつうつと終焉の日のために悩んできた。しかし、いまさら老醜の死は困る。何とかしなければ——。

浅い眠りを続けていた、ある夏の夜明けのことだった。私の意識のなかに、さわやかな香りが忍び込んできた。それは哲学者が好んだ、紅梅の香りに似ていた。紅梅よりほんの少し、甘い香りだった。

目覚めつつある意識のなかで、なにの香り？　と私は訊ねた。はまゆうの匂いですたい、と私が生まれた長崎の方言で、女が答える。しゃがれた女の声に、聞き覚えがあった。

よう咲かせたね、と女が褒める。カナね、私は女の名を呼んで返事を待った。返事を聞かないうちに、目が覚めた。はまゆうの匂いですたい、夢のなかの声を頼って、私は床の間をみた。香りは枕許の、床の間のほうから流れてきている。薄紫色に明けはじめた明るさのなかに、白い花の塊りがぼんやり浮いている。はまゆうの花房だった。

はまゆうはひがん花の種類で、花は、フリージアを細く引き伸ばした形をしている。きゃしゃな沢山の花がまとまって、一本の、平べったい花茎から打ち上げ花火のように咲く。

はまゆうは、去年もおとしも花を咲かせた。数年前に私の家に遊びにきたカナは、狭い庭をみて廻って、ここに植えまっせ、と場所を決めて帰っていった。約束通り、南の島の自宅の庭に咲くはまゆうを、掘って送ってくれたのである。ピンクが一本と、純白のはまゆうが二本。たっぷり水をかけた、島の新聞紙に包んであった。私はいわれたように、五十センチ以上の深い穴を掘って、枯葉と、溜めていた台所の野菜屑を埋めてから、はまゆうを植えた。うちが教えたとおりにすれば丈夫に育つさ、とカナはいった。カナと私は同じ学年で、二人とも被爆者である。

はまゆうは丈夫に葉を広げ、狭い庭にも臆することなく気ままに育っていった。まるであなたのよう、と報告するたびに、私はいった。カナは嬉しそうに笑って、清楚か花もうちのごだろう、といった。株は年ごとに太って、花を咲かせてくれた。一株に一本の花茎が伸びて、先に一個、筆の穂に似た蕾をつける。淡い緑色の薄皮に包まれた大きな蕾は、その皮を破って一つ、また一つ、日を追って幾十もの花を咲かせるのである。蕾に愛らしさはないが、夏の日差しのなかで乱れ咲く純白の花は、カナの顔のように鮮やかで芳しかった。

おととしは、はじめて一株から二本の花茎が伸びて、花を咲かせた。ピンクのはまゆうは一夏花を咲かせると、姿を消してしまっていた。報告すると、また送るさ、と元気にいった。

鮮やかな美しさを長く楽しみたいので、切り花にできないでいると、朱き唇あせぬまに、って唄のあるでしたい、一株から二つも咲けば上出来、美しかうちに手折りまっせ、とカナがいった。思いきって、その年はじめて切り花にしたのである。

はまゆうの花は昼間より、薄明りを好むらしい。明けてゆく部屋のなかで、芳しくかおっていた。その年が暮れた去年の正月、カナから電話がかかってきた。良介の死になった、と夫の名をいって、カナは溜息をついた。初七日だという。淋しいわね、と慰めると、淋しゅうはなかよ、あの人は間違いのう天国にいきなるさ、といった。

一月ほど経ってから、私はカナに電話をかけた。カナの声の代りに録音された機械的な声が入ってきて、この電話は使用されていません、という。カナたち夫婦は、めいめいに電話をもっている。亡くなった良介の部屋にある電話に、私は連絡をとった。これも使われていなかった。カナの家には手伝いの人も二、三人いる。病弱なカナが入院していても、消息は知れるのである。その人たちも、家にはいないのだろうか。私は幾度も、電話をかけた。返事は同じだった。

いままで電話をかければ、カナはそこにいた。気持が沈む夏の日を除いて。それが突然いなくなった。カナたちには子供はいない。カナの両親も、早くに亡くなっている。一人娘だったので、連絡の取りようがないのである。

クラスメートの誰にも、カナの行方は判らなかった。資産家の親の許で贅沢に育ち、暮してきたカナは、何処へ消えたのだろう。毎年襲ってくる八月のうつ病なら、時を待てばいい。夏が過ぎると機嫌よくなって、げんきィ、と電話をくれるのである。連絡がないいま、はまゆうの葉は夏に向けて勢を増していった。カナは病んでいる、と噂が伝わってきた。入院しているらしいが、誰とも逢いたくないらしい、という。噂は入ってくるが、事実を確かめる方法はないのである。使用人の行き先を尋ねれば、消息ぐらいはつかめるのではないか。私は、カナの親友だったクラスメートに、相談した。うちにも何もいいならんやったとよ、と答えると、あんなんの気性を考えれば、無理に探さんほうがよかと思うよ、考えて考えて決めなったことだろうし、といった。いつものごと、ひょっこり電話をくれなっさ、といった。

かしずかれて育ったやんちゃなカナを思うと、私は悲しくて、仕方がないのである。淋しがりやで、私の家に泊った夜、おやすみなさい、といって襖を閉めると、閉めますな、おそろしかけん、と本気でカナは怒った。電話をかけてこないことから推し測って、考えた上でのことなのだろう。しかし、カナは淋しがっているのではないか。友だちとして、やってあげられることは、無いのだろうか。訪ねる人もなく病院のベッドに横たわっている姿を想像すると、切なすぎて胸が詰るのだ。特別に親しいのではないが、私たちは八月九日という共通の根をもって、生きてきている。その根から多感な少女期を生きて、娘になり妻になり、母になった。女として脱皮していくたびに、そこには新しい恐怖が待っていた。ほとんどの被爆者は、ぶらぶら病とか、なまけ病といわれる厄介な健康状態で生きていたのである。疲れ易い私たちが結婚したとしても、夫やその家族に添って、生きていけるだろうか。万が一みごもっても、そう。万一みごもる恐さ。また、命を産み出したい願望。健康な子供が産めるだろうか、という不安。

カナは産まない道をとった。私は子供を産んだ。断念したカナと産んだ私。選択した道は違っているが、九日にしばられ、孤独であることは変わらないのである。だから、良介の死後にカナがとった行動が、胸に応えるのである。途方もない選択とは、思えないのである。私もいつか、誰の目にも触れない所へ身を置くかもしれない。子供の有る無しではない。事を起さないで平凡に終わりの日を迎えればよいものを、どこかで、いらだっているのだ。健康な世間に、すねているのだろうか。

かつて五十歳だったころ、私は父と母の子に還って、少女のころの、無性の性へ戻りたいと願った。産む機能を了えた、所属のない性におかれた不安定な時期、だったせいでもあった。さらに生きてくると、無性に還りたい願望も昇華されて、ひたすら独りになりたいのである。ただこれは、願望なのだろう。姿を消してしまったカナの行動に、今日まで味わったことのない虚しさを、感じるのである。

生きる、ということは何なのだろう、と。

考えて、私はお遍路を思いついた。

そうだ。お遍路に出よう。思い立つと、心が明るくなった。希望が湧いた。子供のころの遠足の朝を思い出して、胸がどきどき高鳴るのである。リュックサックの鈴を鳴らして、光が降る道を歩いていく、あの希望。私は信じる神も宗教ももたない。遍路を思いついたのは、カナの還暦祝いの日に、いつかお遍路ばすうや、と誘ったカナの言葉を、思い出したからである。末香臭いことは嫌い、と断わると、そん時にうちが歩けんごとなったら、おおちが車椅子ば押さんばよ、と一方的に決めてしまった。島――春たけなわな島の野道を、カナを乗せた車椅子を押して遍路の旅をする——。菜の花のなかの畔道を、女学生のころのように眼を輝やかせながら。歌がうまいカナは、風に吹かれながら「女学生愛唱歌」のページを繰って歌う。そしてカナは、大好きな母校の校歌を、高らかに歌うだろう。入学式に歌った、憧れの母校の校歌を。動員式の朝に歌い、敗戦後に行われた、追悼会で歌った校歌を。

そういえば、最後にかかってきた電話でもカナは、突然、声を張りあげて校歌を歌い出した。口をいっぱいに開けて歌っているようで、のびのびと、艶やかな声だった。聞きほれていると、おおちも歌いまっせ、とカナが命令した。転校生の私は、正式に校歌を習っていない。はじめて歌ったのは、動員式のときではなかったか。ぼそぼそと合わせているうちに少女の心が甦ってきて、受話器のはるか彼方とこなたで、私たちは合唱した。

生きるための苦しみも、悩みもしらない、希望だけを歌った校歌に胸を熱くしていると、もうよか、おしまいっ、とこれも突然カナはいって、電話を切った。

あのときのように歌詞に詰りながら、カナに合わせて私も歌い、遍路の道を歩いていく。その道には女学生のころのような——八月九日を知る前の——安心があるように、思えた。それも、いい人生の終わり方である。そして希めるなら、そこで行き倒れて生涯を終わりにしたかった。半ば本気で、半ばロマンに酔いながら、カナの車椅子を押して遍路に出ることを、約束したのである。

お遍路さんの白装束はうちが用意しとくよ、とカナがいった。カナはおしゃれだから、でも白絹はだめよ、と私はいった。カナが私を睨んで、この世の執着を一枚ずつ脱いでゆく、それがお遍路ですたい、といった。カナは本気で、考えていたのである。

一人で歩く遍路は、不断着でいい。不断の姿で、カナの「江戸小歌」の名取りの名が入った日本手拭いを、ナップザックに入れていこう。ご朱印をその手拭いにいただく。カナの手拭いを背負っていくことで、私は約束を果したかった。心をゆだねるものを探しあぐねている私が行き着いた、宗教的な遍路の旅だった。

この作品を書きはじめてから、二人の友の訃報が入っている。一人は去年の暮。一人はつい三日ほど前。二人とも九日に重傷を負っている。一九五七年、昭和三十二年から今日まで、地方の被爆者の会で、被爆者たちの世話を続けているクラスメートがいる。この友人の献身的な努力によって、去年の暮に逝ったA子は、原爆症の認定が下りた。逝く二、三ヵ月前だろうか。まだ初七日もこない友は、申請中に逝った。

被爆者の会で世話を続ける友人は、厚生省の審査は四ヵ月に一回なの、間に合わなかった、と涙声でいった。手当てがもらえるとか、金銭が問題なのではない。認定されないまま、こうしてぽろぽろと九日と被爆者の因果関係は、「統計上の数字」からこぼれてゆく。何のために彼女たちは苦しまなければならなかったのか。

二十四年前の一九七五年『祭りの場』と題した小説を、私は書いた。一九四五年、昭和二十年八月九日の、長崎の被爆状況を綴った文章である。女学校三年生の夏から、三十年が経っていた。書き出しに、炸裂時の爆圧などを観測するためにB29から落された「観測用ゾンデの中に入っていた降伏勧告書」を、私は引用している。『ヒロシマ・ナガサキ原爆展』――朝日新聞本社企画部編集――から、再度、書き写してみる。

嵯峨根遼吉教授へ

米国原子爆弾司令本部

一九四五年八月九日

嵯峨根氏米国滞在当時の三人の科学者仲間より

「われわれは貴台が立派な原子物理学者として、もし日本国がこの戦争をなお続けるならば、日本国民は重大な結果に遭遇し、苦しまなければならないだろうということを、日本帝国参謀本部に悟らせるために努力されるよう、個人的にこの書翰を送るものであります。(『祭りの場』では次の〝貴台〟以下〝疑いません〟までを略)貴台はこの数年来国家が必要な資材のための巨額の費用を支払う用意があるならば原子爆弾はたやすく造られ得るということをご存知であります。米国では（原爆などの）生産工場が現在すでに建設されていることを貴台がご存知である以上、昼夜二四時間働きつづけているこれらの工場から造られるすべての生産物は貴台の国に炸裂するであろうことを疑いません。

この三週間のうちに米国の砂ばく地帯で最初の爆発実験が行われ、一つは日本の広島に投下され、さらに第三番目の原爆が今朝投下されました。われわれは貴台がこれらの事実を日本国の指導者達に認め、悟らせるよう努力され、そしてもし戦争がなお続けられるならば貴国の全都市の壊滅と生命の浪費を中止するために貴台が全力を尽されるようお願いするものであります。科学者としてわれわれの美しい発見がこのように使用されたことを残念に思うものであります。しかし日本国がただちに降伏しなければそのときは原爆の雨が怒りのうちにますます激しくなるであろうということをはっきり申し上げるものであります。」

最後に三人の科学者の一人、アルヴァレッツ博士の署名がされている。署名は、「一九四九年十二月二十二日　私の友嵯峨根氏へ。ルイス・W・アルヴァレッツ」となっている。敗戦後一九四九年に来日したアルヴァレッツ博士が署名したもの、と説明がついている。

戦後、博士が日本にやってきた目的は何だったのか、また嵯峨根教授に送った勧告書に、わざわざなぜ署名したのか。カナや私たちの頭上に降った一枚の勧告書は、二十四年前には考えなかった憶測を、湧きあがらせるのである。「第三番目の原爆が今朝投下されました」と地名が伏せてあることにも、雲の切れ目を探して小倉、博多、長崎と上空をさまようB29の姿が浮かび、運命を感じる。博士は勿論、「われわれの美しい発見」がもたらした広島、長崎の地にも出かけたことだろう。「全都市の壊滅と生命の浪費を中止するため」に勧告書を書き、後日それに署名をする博士の表情も、想像できるのである。太平洋戦争に〝ピリオド〟を打った自負は、大きいことだろうから。

二十世紀の前半に終結した戦争の内幕を、世紀末の今日読んでみると、居丈だかな勧告書も微苦笑を誘う。

「砂ばく地帯で最初の爆発実験」と書いてあるのは、一九四五年の七月十六日未明に、ニューメキシコ州のアラモゴードのトリニティで行われた、世界最初の核爆発実験のことである。あのとき世界には、核兵器といわれる兵器は、三発しかなかったのだ。うち、二発はプルトニウム爆弾だった。一発は、水と広大な砂漠が広がるニューメキシコの地で、爆発実験に使われた。残った一発が長崎に落された。一発しか製造されていなかったウラニウム爆弾は、広島に落された。長崎に投下されたプルトニウム爆弾は、当時のソ連を牽制するためであり、毒の帝王といわれるプルトニウム爆弾の威力を調べる、実験のためといわれている。なぜ一発と二発なのか。なぜ広島も長崎もプルトニウム爆弾ではいけなかったのか。またなぜ、ウラニウム爆弾にしなかったか。広島も長崎も、比較実験の舞台に選ばれたのだろう。

トリニティの実験から八月六日の広島までの日日《ひにち》は、二十一日間。『祭りの場』で省略した部分は強迫じみていて、大国アメリカも、てんやわんやなのだ。但し、この感想は、六日九日の惨状から身を一歩ひいて、客観的に勧告書を読めば、ということである。二十四年前に書き取ったときの、粟立った心の状態はいまも変わらない。ことに、「原爆の雨が怒りのうちに」との箇所は、心にかかってきた言葉である。

神のみ子だから怒れるのだな、とあの小説のなかに私は書いている。私はあのとき、文章の底に隠されている彼らの神を、意識していたのではない。あなた達の神の怒りに触れる必然は、私にはない、単純に考えたのである。勧告書に神という文字はないが、平凡に生きている同じ人間の頭上に、日常生活では想像することも出来ない閃光と高熱を、怒りのうちにあびせることが出来るものが在るのなら、それは神ということなのだろう。

私はあの夏の、松山町の丘の上にいた自分を思い出してみた。松山町は原子爆弾の爆発点で、町の五百メートルほどの上空で炸裂している。私が被爆したのは中心点から一・四キロほど離れた、三菱兵器製作所である。カナと私の職場は違ったが、学徒動員されていた同学年生三百二十四人のほとんどが、被爆した。

爆発は十一時二分、と記録されている。木造小舎の——紙屑再生工場が私の職場だった——下敷になった私は、はい出して、人びとの後について逃げた。爆心地に向かって逃げたのである。そのころ日本人の一部を除いて、私たちは新型爆弾の恐しさを知らされていなかった。浦上川を渡り、丘を登って、足許に転がる死者や重傷者をまたいで、松山町の段段畑の上に着いたのは、二時ごろだったろうか。

考えると、あの日私を爆心地に誘った偶然を、不思議に思う。神がかりな思いはないが、逃げる道はほかにもあった。もしかすると、その人が歩かなければならない道は、生まれる前に仕組まれているのかもしれない。今世紀最大の悪の中心部に誘っていった、私が偶然だと思っているものの底に、命に対する作意を感じるのである。飽なき力で原子爆弾の芯の芯までいざなった、人の知恵が及ばない悪意を。

段段畑から見下す松山町の町には、家も人の姿もなかった。動くものはなく、大地だけが残されていた。

さくさくと乾いた畑に坐って、神さま仏さま助けてください、と手を合わせて私は祈った。父や母が眠る前につぶやいていた、ナムアミダブツ、ナムミョウホウレンゲキョウ、覚えている念仏を、繰り返し唱えた。

死が迫ったときに人が口にする祈りの言葉が、その人の心に住む神仏、救いの対象という。丘の上でヤオヨロズの神に助けを求めながら、キリストさまよりも親愛感をもつマリアさまの名も、私は呼ばなかった。焼けた両手を合わせて、天なる父へ救いを求めている人たちがいた。賛美歌を歌っている人もいた。

皮肉なことだが、爆心地の近くにある天主堂を中心にして、その辺りには、代代のキリスト教徒が沢山住んでいた。傷ついた人たちは支えあって、地に伏して祈っていた。

整然と祈る姿に感動したが、その人たちとともに祈ることは、——あるいは懺悔——私にはできなかった。私の体内には、仏が昇華した、手を伸ばせば引き上げてくれる有機的な神仏が、知らないうちに住みついていたようである。金のロザリオより翡翠の珠数、というほどのものであるが。魂を安らかにして、彼岸に導いてくれるもの、哲学者の病室で目にした、安心の世界なのである。

思いついた遍路の旅は、松山町から出発した人生の、しめくくりでもあった。山の裾野にひしめく、被爆死した十四、五歳のクラスメートたち。峠へ向かう道のそこ、ここには、途中で斃れた香子やミエたちがいる。そして行方も名前も知らない一人の娼婦。この人たちみんなを誘って、寺寺を巡るのだ。先頭には勿論カナがいる。

遍路を急かされる思いは、ほかにもあった。二年前の晩秋。アメリカで生活をしていたころに友達になった好子が、日本に帰ってきた。ひさしぶりに逢って、私たちは東京の街を気持のままに歩いた。映画を観て、好子が好きなハーブティを飲み、公園のベンチに掛けて、おしゃべりをした。高層ビルディングの最上階のレストランで夕食をとって、私たちは別れた。町は暮れてしまっていた。気持は弾んでいた。利用する東京駅まで、地下鉄に乗れば一駅である。私は歩くことにした。

ハイヒールの靴音を楽しんで歩いていると、左足の膝のさらに、チクッと痛みが走った。気にするほどの痛みではない。私は止まらずに歩いた。痛みは治まった。

私が住んでいる、海辺の町に行く電車のホームは、東京駅の地下にある。エスカレーターが動いているが、階段を降りても大した段数ではない。いつものように私は、階段を下りはじめた。中ごろまで下りたとき、止まっていた痛みが起った。痛みは前よりも強くなっている。足を休めて、膝頭を二、三回撫でてから、次の段へ爪先を伸ばした。階段を下りるときに片足にかかる重量は、体重の七倍になるらしい。聞きかじった知識だが、体重四十二キロの私の場合は、約二百九十キロになる。余計なことを、思い出してしまったものである。計算した重量はすぐさま、膝頭に下りてきて、激痛が走った。一点だった痛みが、膝のさらの周りに円を描いて、キシキシと鳴る。油が切れた、鉄の厚い歯車が軋むような、固体がぶつかる激痛である。

衝撃を受けたのは痛みよりも、老いの症状だった。線引きされた高齢者の域に私はいる。だから老いに不足はない。が、気分は女学生なのだ。つい二、三時間前、好子と私は互いにお若い、と褒めそやして別れたのである。

体の内から送られてきた老化の知らせは、否応がなかった。私は震えた。目尻のしわも、鶏の皮のようにたるんだあごも認めよう。が、いつか歩けなくなる日がくる恐怖。生活の範囲は狭ばめられ、万が一の希望も許されない、確実に進んでゆく機能の老いである。

歩けるうちにお遍路に出よう。いつか、だった願望は、早いうちに、と変わった。

寺の石段を下りると、近くの公園で私たちは昼食をとることにした。公園は、砂の団子に似た丘の上にあった。全体は防風林におおわれていて、まんなかが赤土のグラウンドになっている。市営か村営の公園なので、親子でピクニックが楽しめるように、頑丈な木のテーブルと椅子が据えてある。

椅子にかけると、忽ち藪蚊が襲ってきた。手足に七、八匹、黒白のまだらな尻をあげて、血を吸っている。素早い攻撃である。山の頂きにいたときより、風も強くなっている。乱れる髪を掻きあげながら、Fが、記憶って変なものですね、といった。あの寺に参って海を見下さなければ、オヤジときたことなど生涯思い出さなかったのじゃないかな、といった。きっかけは潮風、とTが聞く。いきなり、すとーんと胸のうちにオヤジのことが滑り落ちてきた、悪くないもんだね、と優しい目をしてFが答える。

ナップザックから私は、カナの手拭いを出した。それを、雨風にさらされて木目が浮いたテーブルに、広げた。ご朱印は二ヵ所の寺でいただけた。毛筆を期待したのだが、墨汁と朱肉のスタンプである。有難さは簡略化された分だけ薄れるが、それでもどういうわけか、尊い気分になるのである。私は、風にあおられる手拭いの四隅に、小石をおいた。それから、彼らに聞かれないように、捺してある菩薩の文字を読んだ。声にするだけで仏や菩薩が身近かに感じられて、はじまったばかりの遍路に、私は満足した。遍路の先にお大師さまがいなくとも、私はかまわないのである。人間以外の、物の像はとっているが空なるものへ、手を合わせておがむ。カナを思い、少女たちを思い師を思いながら、巡る、それで十分なのだ。

重みが出ましたね、とご朱印がある手拭いをみて、青年たちがいった。

広げた手拭いの上に、蟻が一匹はっている。夏の道端でみかける、黒褐色の蟻である。蟻は左の端に捺された、朱印の文字まではってくると、脚を止めた。触手をあげて、首を傾げて感触を試している。朱肉の匂いと、朱肉の脂で硬くなった布地を確かめると、急ぎ足で歩き出した。行く手に、私は指をたてた。振動を感じて、蟻が脚を止める。指先を動かさないでいると、歩きはじめる。その先に指を立てる。蟻は歩くのを止める。睨み合いが続くと、蟻は方向転換して、指をかわそうとする。私と蟻の位置も力関係も、天と地の差がある。策を弄して逃げ道を探す蟻を、ゆっくり私はつまみ上げた。潰さないように「聖観世音菩薩」とある黒いスタンプの文字の上に、おいた。六文字を囲んで、朱肉の光背が燃え盛っている。蟻は、火炎の印のまんなかで、黒褐色の腰をまるめている。つまんだときに、蟻の体を痛めたようだった。私は蟻が動くのを待った。蟻は体をくの字に曲げ、ときどき手足を震わせている。動く小さな影が、飾りのない舞台で一人芝居を演ずる女役者を、私に連想させた。私は一度、小舎で演じる一人芝居を、観たことがある。百人ばかりの観客を前にして、芝居に入ろうとする役者の、ひと呼吸の沈黙の間は、孤独を漲らせていた。

この世で目礼を交わしたり、紹介されて、ご機嫌よう、と頭をさげたり、親しく打ち解けた人たちを丹念に書き留めていたら、幾千人になっているだろう。私も沢山の人とかかわって、生きてきた。それでもときどき、一人芝居を演じているのではないかと、身がすくむことがある。じっと蹲って私の出方を窺う蟻の姿には、私とかかわりながら、孤立して生の今を演じる、一人芝居の孤独があった。小さな世界で手足を震わせている蟻の影は、私の想像を膨らませていった。

雲が出てきた。グラウンドの端から、影が寄せてくる。雲の影は、目の前の手拭いの上をおおう。幕を引くように広がってゆく影の内から、闇のなかで語りましょう、という女の声がした。蟻は私の内部で、一人芝居を演じる女役者に変わっていた。さらに、私の人生のなかの、一時間にも満たない時を共有した一人の女を、引き出していた。

闇のなかで語りましょう――そう話しかけてくる女の声は、私が遍路の旅に連れ出した、名前も行方も知らない、ゆきずりの女のものだった。

テレビ局の報道部に勤める人から、普通なら他人には話せないような個人的なことまで被爆者は話してくれますが、どうしてですか、と質問されたことがある。それが被爆者だからです、と私は答えた。被爆者だから話すのですか、それはどうしてですか。

判りません。あれ以上の出来ごとは人生にないからでしょう、と私はいった。生も死も、失恋も受けた差別も、話すことも口を閉じることも、それが被爆者だから。口を閉じていた人たちも、最近になると、六日九日の状況を語り出した。胸にしまって逝くには、受けた傷は深すぎるのである。

闇のなかで語りましょう、といった女も、心に溜っていることを、聞いて欲しかったのだろう。話を聞いてくれる相手は、知らない他人が好ましかった。偶然、隣りに坐り合わせた私を、女は選んだのである。

四、五年前のことである。長崎に帰郷していた私は、昼の太陽を避けて、電車通りに明りが灯りはじめたころ、爆心地の公園へ出かけていった。毎年八月九日は、朝からこの公園で、平和祈念式典が行われる。

式典が終わった公園には、祭りの後の興奮した雰囲気が残っていた。石段を上っていくと、噴水がある。薄闇が漂っている池の周りを一廻りしてから、私は平和の像へ向かって、歩いていった。広場に張ってあったテントと椅子は、取り除かれて、像の前に線香がたかれている。昼間を避けて、祭りの後をねらってくる人が、かなりいる。祈念像の前まで歩いていって、私は、巨大な像の顔に視線をおいた。

建立されたころ、私は、像の筋肉が浮き出た腕と足と、鉱物の塊りである体が嫌いだった。

逝った哲学者は、あの平和を祈念する像はピカソに頼むべきでした、ゲルニカの痛みを知っているピカソに。そうすれば平和祈願と六日九日の悲惨は、世界的な視点を得たでしょう、といった。ピカソの制作なら核時代への歩みも、変わっていたかもしれない。偉大な芸術家の影響力は、スペインの小さな町、ゲルニカ爆撃の理不尽を世界に知らせた、一枚の壁画が立証している。過去を思って巨人の顔を見上げていると、年月のせいだろう、はじめのころの生臭さは雨や光に削られて、滋味のある、平和な姿形になっている。神とも仏とも、人形ともいえない像に手を合わせてから、足許の原爆犠牲者の霊に私は黙禱した。

それから像の近くに置かれた、木の長椅子に腰を下した。

広場を、喪服を着た人たちが、歩いてくる。ジャリの音をたてて、像の前に集まってくる人たちは、年輩者が多い。半世紀前にはこの人たちも、少年少女だったのだ。私と同じように動員学徒で、自分の上に起きている現実さえつかめないで、この広場の辺りを逃げていたのだろう。

線香の煙と、薄闇が重なる広場を、一人の婦人が横切ってくる。紺の水玉模様のブラウスに、白い木綿のズボンをはいている。私と同じ年の頃にみえる。

女は、広場の中央の辺りで立ち止まると、暫く辺りを見廻していたが、私に気付くと、こっちに向かって歩き出した。そして、私が坐っている木の椅子の端に、そっと腰を下した。休む場所を探していたらしかった。女は腰掛けながら私をみて、軽く頭をさげた。女は、黒いビニールのサンダルを履いている。足の爪にオレンジ色のエナメルを塗っているが、少しずつ先が、はげている。

どなたか、と私は女に聞いた。この日に公園を訪ねてくる人たちは、本人が被爆者であるか、肉親か知人かを、原子爆弾で亡くしている。どなたか、だけで、説明はいらない。テレビ局の人が不思議がったように、答えは返ってくる。

問いかけに女はただ微かに笑った。丸い、愛らしい顔だちの女である。若くみえるが、女も学徒報国隊の腕章を巻いて、兵器工場か製鋼所で働いていたのだろう。唇から右首筋にかけて、肌がつれている。火傷の痕のようだった。ケロイドならば、心ない私の問いである。暑い一日でしたね、と私は話題をそらした。女は無口のようで、足をひろげて広場をみている。夏の夕暮れは闇が深まっても、ほのかな明るさが底に漂っていて、人の姿も声も、絶えることなく続いている。私は話しかけるのを止めて、暮なずみつつ闇を深めてゆく公園に、身を置いていた。

九日の同じころ、私は、西山にある母校の裏山まで逃げていた。女は、あの日何処にいたのだろう。人出を避けて参りにきたのは、爆心の地にどんな思いがあるのか。公園の外灯が明るく感じられるほど、闇は濃くなっていた。像の周辺に照明が当てられて、私たちの背中にも光が伸びてきている。ずーっと長崎ですか、と女がいった。ずーっと、あの日以後、という意味である。いいえ、あなたは、と女に私は聞いた。すぐに答えるのが、女は苦手のようである。返事をあきらめたころ、九州のなかを、あっちこっち、といった。私は、少し笑った。生れは長崎ですか、と聞いた。九州を出る勇気ののうして、おらんばならんわけは無かとにですね、女の口許がほころぶ。気持が和んだようで、住み馴れた町を出るの、不安ですもの、と私はいった。あの日は長崎におんなったと、と女が聞く。学徒動員で大橋の工場で働いていた、と説明して、あなたも動員、と私は聞いた。うちは十六歳で、大橋の町工場で女工をしとりました、といった。動員先の工場にも大勢女工さんがいました、と私は当り障りのない話をした。

工場で働きはじめた女学生にとって、警戒しなければならない相手が、女工さんと男子の工員だった。なかでも十五、六歳の、私たちと同年代の女工さんが一番の強敵で、意地悪をされた。親の庇護をうけて勉強を続ける女学生に、敵意を抱いていたようである。財力というほどの金ではないが、娘たちを遊ばせて、月謝を払う余裕のない家庭が、あの時代にはあった。女の子は小学校で十分、と考える親もいたのである。また、親がおかれている社会環境から彼らの子供が脱け出すのは、社会に序列が出来ていて、困難な時代だった。私たち女学生にも、自分たちを優位とする思いが、あった。

大橋なら兵器工場ですか、兵器の女工さんがうちたちの憧れでした、羨しかった、と女がいった。えっ、と私は驚いて、女の顔をみた。意地悪はされたが、彼女たちは優遇されていたのではない。女学生には、工場側も工員たちも遠慮があったが、彼女たちには厳しかった。口汚なくののしられているのを聞いて、人の価値とは何だろう、と幼い頭で考えたものである。

なぜ私が驚いたのか、女には判っていないだろう。兵器のあんなんたちは選ばれた娘たちでしたけん、うちには高望み、といった。

社会が貧しかったとか、社会環境などといいながら、いい気な女学生気質を、私は未だ残していた。だが、あれほど過酷な仕事を強いられていた女工さんに憧れる女の夢は、私には新鮮な衝撃だった。私は、この女の、被爆後の生活が知りたくなった。同級生たちのその後は、私も知っている。そして、その生活と心と体の病いを、一般的な被爆者の戦後として、みてきた。九日を機に、友人たちが遭遇した人生の転変だけでも、十分に悲惨だった。が、私が知っているのは、同列にいる娘たちの浮き沈みである。浮沈の幅も、一定の生活水準の枠内でのことである。階級の差が当然とされていた戦前の、その落差から脱出できないで、戦後の半世紀を生きてきた人たちが、現在もいるのではないか。経済成長にもバブルの流れにも手が届かなかった、人びとが——。

コーヒーでもご一緒に、と電車道にある喫茶店をさして、私は女を誘った。どうぞ、と女は断って、うちはもう少しおりますけん、といった。お話が聞きたいのです、と私はいった。女は考えてから、暗かほうがよか、闇のなかで語りましょう、といった。

ご両親は、と私は訊ねた。死になったとでしょう、焼けた家の跡に立って一週間待っとったばってん、きならんでした、といった。女の両親は、工場が捨てる石炭ガラを拾って、売り歩いていたという。燃料のない時代である。何軒かの得意先をもっていたらしい。

あんころは楽しかったです、うちも働いとったし、と女がいった。工場の保安係に見咎められない限り、両親の仕事は日銭が入る。元手のいらない、そっくり儲けになる商売である。売り歩いていた路上で、親たちは被爆死したのだろう。いまも帰ってきならんけん、死になったとでしょうね、と女は、笑いながらいった。

町工場で被爆した女は、爆風で吹き飛ばされたようで、道端に倒れていたという。弟と妹がいたが、爆心地に近い竹の久保の家の前で、二人とも死んでいた。

さが、ふくおか、くまもと、米どころを渡り歩いて生きてきました、と女がいった。

樹木が黒い繁みをつくって、公園を囲んでいる。巨人の像は誘蛾灯の明りに、青白く浮き出ている。こうして暗うなった公園に坐っとると、とうちゃんや、かあちゃんが話しにきてくるっとです、聞こゆるでしょう、耳を澄ます仕草を女はした。あの暗か繁みの上にも、この像の腕の囲りにもがやがや騒ぎよんなる。女が指さすほうに、私は耳を傾げる。風にざわめく、木の葉のすれる音が聞こえる。うちにはみえるとです、うちたちの膝の周りにも子供や大人がおんなるとが。

そういってから女は、人が群がって話している、という、広場の噴水のほうをみて、話し出した。

なわの切れと女はすたるものなし、かあちゃんは一日に何遍もいいました。(女は母親の声色で)

ほんなこと、あんたがおなごの子でよかったばい。なわの切れと女は、捨てる者はおらんげなけん。よかったあ。(女は胸を叩いて)よかったあ、よかった、うちは女の子で。なして? わかんならんと。(上半身を乗り出して)みゆるやろが、おおちたちにも、うちの顔と首の火傷。そいばってんうちはおなご。捨つるもんはおらん。

戦争は終わったばってん、ご飯は食べんばなりません、死になったおおちたちも辛かったろうねえ。ばってん生きとっとも楽じゃなかさ、ばんぞのごたる(女は物乞いの真似をしてみせる)暮しでも、とうちゃんとかあちゃんが生きとんなったときは、うちの肩の荷は三つの一つ、やった――。

知っとんなるですか、貧乏人には貧乏人の親戚しかおらんとですよ。おかしかごと(かっかと笑って）従兄はとこの末の末まで粥腹。

食べんば人の手足は震ゆるとです、ちりめんのごと。そいだけじゃなか、九日に火傷した傷口は膿んでしもうて、いっちょんようなってくれんとです。ああ、も。はがいか。

爆弾をあびて一年ばかしは救護所にいって診てもらいました、傷口が塞がれば国の費用ですけんね、気の毒うして、診てもらいに行けんですたい。目まいはするばってん仕様のなか。いうたっちゃ判らんもん。うちは歩いたよ、汽車道を歩いて、行き着いた農家の子守りや田畑の草取りの手伝いをして、昼ご飯と晩ご飯を食べさせてもらう。顔と首の傷はひっつれて赤光りしとったばってん、あんころはね、長崎近辺の者で傷の無か人間はおらんやったけん、雇う者も気にしならんごたったです。

うちはよう働きました、運よう髪の毛は脱けんでしたもん、三つ編にして、拾うた花柄のぼろ布で蝶ちょうに結んで。見場は少女に整えて。荷物は——家の焼け跡で焼いた妹と弟の骨。風呂敷に包んで、そのまんまです、さげて歩きました。十六歳でしたもんね。

女は体を前後に揺すりながら、身振りを加えて、ここまで話した。それから私をみて、うちね、と少女の口調で、うちの目、可愛らしかろう、といった。興奮して話す女の目は、うるんで光っていた。暗闇にいると人間の目も、青く光るようで、女は、大きな黒目から光を放っている。ほんとうにきれいな目、六十歳を越えた女にしては、輝きが消えない目に私は感心して、褒めた。女は、話の続きを、はじめた。

二年が経って十八歳になって、うちの肌は娘らしゅう脂を張って。首筋のあかか傷痕は、なしてかよけい、目につくごとなりました。

汽車道を歩く旅を続けて、米処の県の、農家に住み込みの仕事をみっけました。雑用たい。子守りも洗濯も、洗濯機は無かよう。牛と鶏に（女は鶏に餌をやる真似をしながら）トォートトトトト。寄ってきた寄ってきた……餌をやって。いわれれば何でん。へえ、旦那さんの寝間の相手もしました。無理やり？ うんにゃ。奥さんの頼みなっと。畑で働いてくたやっけん、あんたあの人の相手をしてくれんね、って。よう働きなった、そん奥さんは。

朝めしを作り畑を耕し、昼めしをこさえ、また畑。疲れなるさね。なーんも知らんやったけん、心に疵は受けんやったです、うちは。

あんたのごたるひ、っ、つ、れ、娘は、どこも雇うてくれんよ、奥さんにいわれれば、ほんなこと、と思うとです。よかこと？ 悪かこと？ うちには判らん。

それからは行く先ざきで、同じことの繰り返し、奥さんの目を盗んで、畑から早う戻ってきなって、うちを抱く旦那さんもおんなった、食べさせてもろうて、小遣い銭までくれなる。かあちゃんがいいよんなった、なわの切れと女はすたることのなか、こんことですたい。かあちゃんの知恵にうちは驚きました。食糧の無か時代でしょう、農家は米や麦や卵をかかえて成金やったよお。ほんなことですよ。

だんだん人の心が落ち着いてきて、原爆のおそろしさも忘れられていく。火傷をみて、汚ならしかけん、と雇うてくれる農家は減っていきました。金もなし米もなし。うち？　わが家のこと？　農家の仕事があれば眠る場所は心配せんでよかとです、仕事のみっからん日は駅や防空壕のなかで。戦争中に掘った防空壕はたいそ残っとりました。うちは闇のなかでぐっすり眠りました、食べることもあしたのことも考えずに。(女はまっ暗になった広場の空を見上げると)

ぶらぶら病って知っとんなるね、ああ、被爆者って知っとんなる、原子爆弾をあびた者たちのことさ。どこも悪うなかごとみえて体のだるかけん、ぶらぶらしとる、そんげん病気のこと。医者に診てもろうても悪か所はみっからんけん、病名のつけられん病気、そばってん病気さ。体力の続かんけん力仕事はできんです、力仕事がでくれば、うちのごと火傷のあるもんも雇うてもらゆるとです、ばってんうちには体力のなか、続かんとです。

いまも、ぶらぶらしとります、おおちは横着か、よういわれます、言い訳？　せんよ。

誰か、偉かお医者さんにぶらぶら病を治してもらいたかです。原因はあっとです、わけの知れん九日の塵芥ば腹いっぱい吸うて、柔らかか肺や腸に張り付いとっとです。

女は口を閉じた。

原子爆弾の威力を知らない被爆者たちは、被爆地から逃げ出す知恵をもたなかった。一刻も早く被爆地から逃げることが、その後の健康を左右する鍵になるのであるが。

その後の研究や調査によると、放射性物質の脅威は距離と量だけに留まらず、長い時間をかけて人の肉体を冒し続けている、人体の経験による結果も出されている。いずれにしても、被爆地からの脱出が、第一である。

『——昭和二十年八月〜十月——原子爆弾救護報告』(週刊朝日・一九七〇年七月号)〝第一章原子爆弾に関する想像〟▼此世の地獄、を読むと、

「爆撃直後爆心を中心にして巨大且濃厚な雲の如き瓦斯体が発生して全体を覆った。爆心地にいたものはこの為であったか一、二分間全く視力を失った。遠方より望見したものは瓦斯雲の中に多数の電光様小閃光を認めた。この瓦斯雲は次第に上昇して夜に入っても上空に上っていた。二時間後火炎はその極度に達した。局地風が屢々方向を変えた。午後一時頃天気は依然快晴であったがこの瓦斯雲の中から大粒黒色の雨がしばらく落下した。」とある。

地上に在る家や人や動物たちを一瞬の間に消去してエネルギーに変え、天に昇っていっ

た原子雲を描写した、長崎医科大学、医療救護隊、第十一救護隊（物理的療法科班）の隊長、永井隆教授の記録である。陰と陽の帯電粒子は、ぶつかり合って放電し、「電気を帯びていない中性子は何物にも妨げられず直線に猛進し強力な作用を地上に発揮した。」のである。

風に乗って流れていったキノコ雲は、あの雲の下にいた人びとをも汚染した。

報告文のなかに、黒い大粒の雨が降った、とある。この雨も、放射性物質をもった一滴である。長崎から七里離れた諫早にも、黒い雨は降った。洗濯物に黒いしみが出来ている。

闇のなかで話す女の動物的な勘は、報告文を立証する経験である。女は、九日に腹いっぱい吸い込んだ塵が、ぶらぶら病の原因だと、目にみえない粒子の世界の話をした。医学者の偉い人が、内臓に張り付いた塵をみつけてくれ、といった。「二次的人体損傷は粒子団がこれを行ったと想像される。」被爆後、想像、として発表された博士の先見を、女は肉体の症状を通して、いった。

だれにも話しとらんばってん、親しか人もおらんやったし、と女は話を続けていった。

暗か処なら顔のみえんし、恥しゅうもなかでしょう、仕事のなかときは体を売って金に換えました、驚きなった、と女が聞いた。特に驚きません、と私は答えた。

嘘ばっかし。軽蔑しとんなるくせに、と女がいった。私は首を振って、いいえ、といった。巨人の像の背後から洩れ伸びる明りのなかで、女の横顔に、笑いが浮かんだ。小柄で、きゃしゃな女は、外見より逞しい精神の持ち主のようである。なわの切れと女は、と諭した母親の言葉を効力いっぱい活用して、被爆者の傷痕と、貧しさの枠内で女は生き抜いてきたのである。三日も四日も水ばっかり飲んで、ひもじゅうてたまらんとき、体を売んなること出来ますか、と女が聞いた。答える前に、予想もしなかった疑問が、私の脳裏に浮かんだ。空腹で、背と腹がくっついているときに人は性交が出来るのか。私は女に聞いた。貧乏もひもじさも、知んならんねえ、十円の金をやるけんっていわれれば、芋あんの饅頭が浮かんで、力は湧くとです、十一円の力が出れば一円は明日に廻さるっとばってん、十円以上にはなりません、落ちた地獄の底は深かかとです、毎日が引き算ばっかしでした、といった。

被爆者手帳は、と私は訊ねた。もっとも必要とする人たちが、交付を受けていない例があるからだ。女は、もっとります、と生生と答えた。火傷の痕のあるでしょう、この傷のおかげで毎月三万三千と五百三十円、国がうちに呉れます、生まれてはじめて銀行口座ば作ったとですよ、役所から振り込んでもらうとです、といった。よかったですね、と私も女と一緒に喜んでいった。

広島や長崎の被爆者団体や、民間の協力者たちが政府を相手に、被爆後ずっと、被爆者の援護を訴えてきた。運動の結果、昭和五十年に新設された保健手当は、手帳をもっている被爆者に支払われるようになったのである。女が受けている三三、五三〇円は、健康管理手当である。条件は被爆者手帳をもっていて、「一定の病気治療を受けている人」で、直接被爆か入市被爆かには関係がない。但し、「遺伝や生まれつきの病気、伝染病などの原爆以外の原因」は当然認めない。認定を受けるためには、医師の診断書を添えて申請するのである。

当初は月額六千円からはじまって、八百円七百円と、年毎に増額されてきた。現在は、一九九八年四月以降は、月額三四、一七〇円支給されている。仕事に就けない被爆者にはありがたい、支給である。

爆心地から二キロ以内で直接被爆した人と、胎児だった者には、保健手当が支給されている。月額一七、一三〇円である。四年前の一九九五年に、私も申請した。現実に、この国に、半世紀前に終わった戦争が生んだ被爆者が、存在しているのを、お上に知って欲しかったからである。

だが被爆者が求めてきたのは、金銭ではない。戦争のない平和な世界と――何と空疎な響きだろう――地球から核兵器をなくすことにあった。

おおちたちはこすかよ（ずるいよ）手当をもろうて、羨しかあって、いいなる人のおっとです。いやあ、うちは気にしとらんです、こすかって思う人もおんなるでしょう、ばってん、被爆者にはならんほうがよかよ、そういうとです。あんまり羨しがんなる人には、そのうち原爆の落っちゃゆるさ、待っとかんね。そんときは、おおちももらゆるさ。女がそういった。

広場に強い風が吹いて、木の梢が左右に大きく揺れた。像の周りや、噴水の辺りにひしめいているという霊魂たちの、賛同と、異議の声のように、私には聞えた。

背筋が凍る言葉を吐きながら、女は、平静な表情をしている。本気なのか皮肉でいっているのか。私が観察している女と、彼女の内面とには、かなり落差があった。頭脳は冴えて、世界の情勢も人の心の奥底も、みるべきものは見取っている。そして同じ思いが、私の内にもあるのである。一九九八年、インド、パキスタンが前後して核爆発実験を行ったときのことである。テレビニュースで報道される現地の、一般の人びとが喜ぶ表情をみて、私は絶望した。核実験はインド、パキスタンだけではない。五つの核保有国も当り前のこととして、実験を続けている。空には放射性物質が飛び交っているのだが、見上げる空は青く晴れている。そして原子爆弾は、自分やその子供たちの頭上には落ちてこないと、保有国の人びともインドやパキスタンの人たちも、信じているのだろう。

踊り上って喜ぶ人たちをみて、被爆者運動の在り方に、疑問を投げる人もいた。問題なのは、核時代に生きていながら、人びとは、あきれるほどのんきなことだ。日本の場合も似たような感覚で、戦後流行の消去法で考えるので、相対的な答えしか出てこないのだろう。

被爆者運動について過去を辿っていくと、広島・長崎を軸にして、敗戦の年からその灯はともされてきている。運動という形式ではないが、敗戦一ヵ月後の九月十八日、十九日の両日、長崎では市主催の原爆被災者慰霊祭が、小学校や寺で行われている。三年後の昭和二十三年八月九日には、文化祭として、松山町の「アトム公園」で、追悼式が開催され、溝上長崎市議会副議長が、平和宣言をした。当時の連合国軍の最高司令官、ダグラス・マッカーサー元帥も、私的メッセージを寄せ、長崎軍政府司令官、ヴィクター・E・デルノア米国陸軍中佐のメッセージもある。落した国の軍人ではあるが、人間の心がのぞけるメッセージである。引用すると、

「長崎市長並びに市民各位、本日私共がここ浦上に参集したるは終局において戦争は人類を破滅に導くものであることを如実に悟らしめ、全世界の人々を驚がくせしめた原爆の記念日を顕揚せんがためである。

三年前の今日の出来事は他の国民のみならず、日本の国民にも人類が無限の破壊力を持

つ原子力を獲得したことは戦争が真に無益なものなることを知らしめた。人類の問題を解決するに戦争が無益などころか寧ろ悲惨と苦難を増大し文化を廃退せしめるものなることを立証した。

諸君がいまここでやられておる通り、この機会を顕揚されることは各位の神聖なる義務である。不安な世界に警告を与える犠牲者達の死を記念するためにも大切な事柄である。

市民各位！　各位は文化人として犠牲を単なる犠牲に終らしめないことを誓ってもらいたい、その記憶がよみがえらせられる限り、世界の人々はかかる出来事が人間の世界に再び起らないようお願いせねばならない。

アメリカ国民はこの点において各位と協力を惜むものではない。」

一九四八年八月九日のメッセージである。

高飛車な、落したのは誰、と問いたくなる箇所もある。また死んで逝った被爆者は、世界に警告を与える為に、犠牲になったのでもない。が、人間として言わんとしている、戦争の無益、原子力を手に入れた人類の悲劇は、真実の吐露と思う。

本当に、何のための半世紀だったのだろうか。手弁当で運動を持続してきた人たちの絶望は、思って余りあった。

少数派の立場を守って、善しは善し、悪しは悪しとして発言を続ける巨漢の芸術家が、九日の体験者としてどうです、と二つの国の核実験がニュースで発表されたころ、私に質問した。敬愛する、決して力に屈しない人柄に甘えて、虚しいです、と私はいった。巨漢の芸術家は、虚しいですか、どう虚しいですか、といった。被爆者は人類の被害者だと私は考えています、でも世界は逆行している、あと一度原子爆弾が落ちなければ人は目覚めないでしょう、率直な思いを私はいった。芸術家は、天を向いて、かっかと笑った。笑い声に勝る大声で、あなたをしてその言葉をいわしめるか、といった。内緒です、百叩きの刑を受けます、と私はいった。体に負けない大目玉を私に向けると、殴る資格が誰かにあるんですか、少くとも核兵器を認めている連中にはない、といった。

私の言葉は、戦争放棄の憲法をもち、被爆国でありながら核軍備に加担してゆく母国と、核化をすすめる世界の国国に腹を立てて、ミサイルを撃ち込んだようなものだった。殴る資格が誰になくとも、被爆者であり、未だに、原爆症に苦しんでいる友人たちをみている私が、口にする言葉ではない。

私は女に、それを口にしてはいけません、被爆者は私たちだけで十分のはずです、といった。ばってん、思いなるでしょう、と女がいった。

健康管理手当だけでは生活は無理ですね、と私は女に聞いた。不足の分は、いまも肉体を売って補っているのだろうか。女の年齢と体力で、いつまでこの商売が成り立っていくのだろう。

苦しゅうも淋しゅうもなかです、うちは。かあちゃんの教えを守って精いっぱい生きてきましたもん。ときどき、うちは泣きますと、赤子のごとああ、あー口をあけて。わけ？ね。わからん。今夜は泣かんよ、腹の底から何でん彼でん話してしもうたもん。体を売って生きた女は汚なかろう。うちは汚なか仕事と思うとります、といった。それから腰を浮かせて、もう帰らんば、といった。家は何処？　私は聞こうとした。私は聞くのを止めた。女が戻る家は、この闇のなかの眠りに在る。誰からもみられない闇のなかで、何も考えないで眠る眠りの時間が、女の安住の家なのである。

振り込まれてくる三万幾ばくかの金から、女はまず、米を一月分買うだろう。一月分の糧を得ると女は、安心して眠りにつく——。

広場の闇は、足許のジャリを川霧のように立ち昇らせて、夜を深めていた。公園を訪ねる人は少なくなっていた。名前も行方も知れない女は、坊さまのように私に向かって両手を合せてから、闇のなかに溶けていった。私も腰を上げた。さよなら、と広場にひしめいているという霊魂たちに、私はいった。

カナの手拭いの上にいた蟻は、いなくなっていた。目を盗んで脱出したのか、強くなっている海風に吹き飛ばされたのか。

木のテーブルの上は、海から寄せる雨雲のために、灰色にかげっている。青年たちの話し声を聞きながら、私は、まだ女の闇から脱け出せないでいた。小さな公園の上空を行き交う雲の影に、遍路について廻るカナや、クラスメートたちも心をざわめかしている様子である。陰につけ陽につけ、私たちの心はざわめくのだが、今日《こんにち》私の脳裏に在る八月九日の風景はゴーギャンの絵に似て、原色に塗られている。半世紀をかけて創造した心象風景である。ただ、肥厚した緑はない。血と炎と、裸にされた黄土の大地。整然と簡略化された世界である。後日、アメリカ軍用機が撮った被爆三日後の航空写真をみても、宅地造成された街のように縦横に走る道と、大地だけである。閃光と爆風は一ミリの高低もつけずに、街を整地している。私が創造と感じている風景は、事実この目でみた九日でもあるのだ。それを半世紀かけて濾過した世界、と感じるのは、人の苦痛が入り込むからである。九日の苦痛が入り込むと、風景は一変して、赤ひと色に燃える。土地も空も地に伏す人も赤。それを包む赤いもや。そのなかに私も、女のように闇をもっている。

前に引用した永井隆博士の報告文に、

「爆撃直後爆心を中心にして巨大且濃厚な雲の如き瓦斯体が発生して全体を覆った。爆心地にいたものはこの為であったか一、二分間全く視力を失った。」とある。

視力を失った物理的な一、二分が、私の闇なのだろうか。私は工場の下敷になった。下敷になった建物のなかで、目の玉に貼り付いた闇を、私はみた。そして一方には、時間の経過さえつかめない「時」があった。時、とするからには経過があるはずだが、私には有ったのか無かったのか、つかめないのである。時間はつかめないが、あの時、椅子に坐っていた私は、机の下まで移動している。原子爆弾が落される寸前、急降下か急上昇の爆音を耳にしたとき、私は椅子に坐っていた。気がついたら工場の下敷になって、机らしきものの下にいた、ということである。被爆した瞬時に、気絶した覚えはないのである。

無いのに、移っていく過程が記憶に刻まれていないのは、どういうことなのだろう。記憶にとどめる間もない瞬時に事は起こり、終わったのだろうか。このことが、爆心地にいた人びとが一様に経験した一、二分の視力のない、時の見分けが出来ない闇に当るのか。博士の報告文を立証してゆく、私自身の行動が、不可思議でならない。実際には、あの日に起こったことなので、被爆者が報告文にある経験をするのは、当然なのだが。百科事典に載っているマムシの、銭形の紋をみて、現実にみたマムシがそっくりなのに驚いたことがある。あの本末転倒の驚きである。

視力を失った一、二分の世界と、私の闇を重ねて考えるのは、みた闇に奥ゆきがなかったからだ。目隠しをされたときの、瞼の内にある暗闇だった。私にとってあの「時」のなかで繰り広げられた出来ごとは、いまも謎である。分析も記憶もついていけない、脳細胞での出来ごとである。彼らは、私には理解出来ない「時」を微の世界に封じて仕舞っているが、私の九日の核心は、ここにあるように思えるのである。この「時」に何かが、起きているような気がするのは、物事に恐怖を覚えるとき、全身が地に叩きつけられて分解する痛みを、感じるからである。体験として覚えのない、痛みと恐怖である。このことは見取ったもの以外の、九日、ということだろうか。

永井隆博士の報告は閃光にふれて、

「──爆発点に向っていた者も反対方向を向いていた者も同じく、即ち何の方向を向いていた者も同様にこれを見たのであったから閃光は恐らく空一面に散光となって拡ったものであろうか。」としている。閃光の強弱はあっても、浦上一帯にいた人びとは、金魚鉢にいれられた金魚の状態にあったのである。それらを封じてしまった脳細胞は、不明の闇として私に恐怖を残し、女は、物の像を消してしまう闇を、安住の地としている。一人寝の夜を怖れるカナも、闇を抱いている。

夏草が茂る小さな公園の、蚊の攻撃は続いていた。私は向き合って坐っている青年たちに、目を向けた。二人の広い額に、汗の粒が光っている。若い肌に光る汗をみて、私の胸に、不意に熱い思いが衝き上げてきた。十四、五歳で逝った友人たちは、青年の美しさも、強く優しい腕に抱かれることもなく、去っていったのである。恋する楽しさ、胸の苦しさを、味わわせてやりたかった。

一番近い次の寺は何処だろう、とFがいった。Tが「観音札所巡り」の地図を広げる。風で飛びそうになる地図を押えながら、片方の指先で、海岸線をなぞっていく。半島の鼻っ先を廻って水道を抜け、針の目ほどへこんだ入江の側の、寺の上で指が止まった。指先の札所へ、私たちは車を走らせた。

この寺の本堂も、海辺から坂を上り、石段を上った、山の中腹にあった。手入れが行き届いた寺である。本堂の裏手に、建築中の納骨堂がある。裏は、かなり高い山になっている。案内を乞うと、薄ねず色の作務衣を着た中年の住職と夫人が、お入りください、と御堂の内からいった。寺の開山よりも古いご本尊、聖観世音は、百済王の子孫といわれる、行基の作なのだそうである。〝諸所を周遊〟とあるので、この半島にも立ち寄られたのか。

どの御仏がご本尊なのか、判らないまま私は本堂の仏たちに、手を合わせた。二、三の札所を巡っているうちに、仏像に対するときの心が、少しずつ穏やかになっているのを、私は感じていた。寺がもつ歴史と、迎える人の暖かさが、心を癒してくれるのである。住職にはめったに逢えないが、留守を守る夫人たちも朝に夕に、御仏に手を合わせているからだろう。話す声も、彼岸の彼方からのもののように、柔らかで険がなかった。

私はナップザックからカナの手拭いを出して、住職にご朱印を願った。書きますか、と住職が聞いた。夫人が硯と筆を、住職の手許におく。夫人は、カナが住む南の島より、さらに南下した島の出身のようである。豊かな黒髪をふっくり結い上げて、情熱的な黒い瞳をしている。静止した仏たちのなかで、夫人の瞳は、時を離れた美しさをもっていた。

筆にたっぷり墨を含ませた住職は、奉拝の二文字を、静かな筆致で書いた。それから穂先を整えて、聖観世音菩薩、平成十年九月吉日、──山──寺、と竜が天に昇る勢いで、一気に書いた。私は、深深と頭をさげた。

つきますよ、と墨を気遣って、夫人が半紙を差し出す。濡れた文字に半紙を当てると、私はカナの手拭いを畳んだ。

住職が二人の青年に、寺の由来を伝えている。半島を統治した一族が開基した寺で、半島と一族と、土地で暮す人びととの繋りに、話が発展していく。時を超えて、開山当時の八百年も昔の村人と寺の親密な関係が、話題になる。仏たちは人のなかで暮し、人も仏を身内のように頼って生きた、一村一寺の蜜月のころの話になると、寺の内はあの世とこの世の、混交の世界に移っていった。

住職に誘われて私たちは、境内の隅に建つ御影石の碑の前に立った。刻んである文字を読むと、世界的に名の通った日本人探検家の、姓名がある。一人は登山家である。あと一人は、南極探検隊の隊長を務めた学者である。登山家は志の半ばで、冬山で消息を断った。いずれわたしも仲間に入って、あの世で酒を酌み交わすつもりです、と住職はあの世での生活を楽しんで話すと、これサラの木です、と高く伸びた若木をさしていった。夏山の黒い緑のなかで若木の葉は、ひ弱な黄緑色をしていた。葉形は大きな掌のようで、肉が厚い。若木のせいだろうが、枝も葉数もまばらで、風が吹くとカラカラ、乾いた音で鳴った。

サラは、お釈迦さまが入滅された地に生えていた木なのだそうだが、うちの木は三本です、と笑って住職がいった。

つい何年か前までこの世に在って、私たちを勇気と行動力で力付けてくれた、二人の死者の碑に映える葉影を、私はみていた。太陽の強い日射しにもかかわらず、葉の影は薄墨色に優しかった。葉ずれと、釈迦入滅の地の木に守られて死者たちは眠っているが、住職は奇数のサラの木を植えている。住職の茶目ッ気が、私は楽しかった。年月を経ているうちに、若木は寄り添って、ひょっこりと、双樹のサラに変身するかもしれない。人の世の虚しさも、悟りへの道も、意外にあっさりと結果が出されるものなのかもしれない。

この道をずっと登っていかれると、山が開けて海がみえますよ、と住職がいった。私たち三人は、山の頂に立った。接近した二つの岸の間を流れる海が、ガラス粉をまいたように眼下に広がっている。その海をみて、檀家の墓が並んでいる。こんなに明るい斜面で眠りたい、と海の輝きを照り返している墓の面をさして、私はいった。淋しいですよお、とFがいった。

僕は都会のまん中で沢山の骨たちと、ごちゃごちゃいたいですよ、といった。

何処でもかまわないが、骨の仕末は意外にやっかいである。行き先は決めていなければ、と私はいった。親しかった香子の、行方が決まらない骨壺を、思い出したからである。

香子は、私より一学年下の、女学校二年生だった。この学年は急拵えの学校工場で、機械の部品などを磨いていたようである。敗戦の年の夏に入ると、B29の空襲は増えて、学校や工場を、欠席させる親が多くなっていた。香子の父親も、その日娘を自宅から出さなかった。香子の家は市内の大浦にあった。父親は開業医で、家の前には電車が通っていた。電車道は大浦川に沿って走っていて、潮の香とドブの臭いが漂う町である。

香子には一人の兄がいて、長崎医専の学生だった。八月九日、講義を受けているときに被爆死している。医専に進学した兄は、香子も女医にするつもりでいた。兄と妹で、代代の家業を継ぐ計画をたてていたらしい。女医はかっこういいぞ、といい、医者になるには緻密な絵が描けなければならない、といって、解剖図や人体図を書かせていた。兄のいいつけに従って、香子も女医になる希望で勉強をしていたのである。

被爆して諫早の家に帰っていた私を、香子は見舞いにきてくれて、兄さんの骨を毎日医大の焼け跡にいって探している、といった。敗戦後である。手掛かりはあったの、と聞くと、教室を聞いて焼け跡を歩いてみるばってん、わからんとよ、といった。医大の生徒たちは、傷を負いながら、裏山のグビロが丘に逃げた者も、大勢いる。香子の兄の消息は、講義中だった、という情報で切れている。グビロが丘まで逃げてはいないだろう、と香子はいった。

当時長崎医大には教授、学生、看護婦など一二〇〇人がいたという。そのうち八八五人が死亡している。約七〇パーセントの死者で、香子の兄も、そのなかの一人である。調来助学長などの編纂による『忘れな草』——原爆思い出の手記と故人の遺稿集——にこんな句が載っている。

骨いまだ帰らず草に蛇を見る

「原爆死」した医学生の母の句である。作者も香子と同じ思いで、夏草が繁る焼け跡を幾度も訪ねたのだろう。香子は骨の代りに、教室の焼け跡に落ちていた煉瓦のかけらを、拾ってきたという。一家全滅した親友の骨も、天主堂の近くだったので探しているけれど、と涙を溜めていった。兄の骨を探し続ける香子に、焼け跡には毒が溜っているという噂だから、いかないように、と私は注意した。被爆後に、焼け跡に入って遺体の処理をした青年団の人びとが、発病したり、死んで逝ったりしていた。症状は被爆者と同じで、髪の毛が脱けたり、悪性の貧血で、歯茎から血をにじませて死亡している。医者である香子の父は、原子爆弾が人体に及ぼす影響を、承知していたはずである。一人息子を亡くして、香子の行動にまで目が届かなかったのだ。もともと気儘に育てられた香子は、焼け跡を歩き廻った。敗戦で、世の中は自由であったし、平和になってみれば原子野も、興味のある冒険の地だったのかもしれない。浦上天主堂の落ちた天使たちの像や、並んでいながら黒焦げの石像と、傷一つない石像があるとか、香子の探検話は尽きなかった。

心配していた事態が、香子の身の上に起きたのは、三年生の夏休みである。腎臓を患って入院したのである。夏休みが終わっても入院生活は続いた。女医にならないの、と蒼くすんだ香子の顔をみて、私は聞いた。敗戦直後であったが、進学する生徒たちの猛勉強が、はじまっていたのである。被爆した私たち四年生も、脱けていた髪も生え揃って進学に備える。入院中の者もいたが、少女たちの立ち直りも早かった。私が話す学校の様子を頷いて聞いていた香子は、学問はもうよかって、とうさんのいなった、といった。

女学校を卒業して七、八年経ったころだった。ある夏、結婚して海辺の町に住んでいる私を、香子が突然訪ねてきた。男と女の友だちを一人ずつ連れてきて、ひさしぶりね、と香子はいった。二年ほど前に、上京したという。父親も床に就く日が多くなって、平戸の別荘にこもって愚痴ばっかりいいよんなる、といった。病院も閉めたらしい。兄さんが家の中心やったとね、死になってからばらばらさ、といった。

香子は海水着を持参しており、水着に着換えると家から二、三分の海へ、素足で飛び出していった。香子は元気になっていた。おおちもこんね、と戻ってきていい、弾ねるように熱い砂の道を駆けていった。香子ほどの病名がつく病気はないが、夏の海と太陽光線を、私は医者から禁じられていた。被爆の翌年、うさ晴しにと、カナを誘って長崎の海水浴場へ出かけたことがある。静かな入江の海で、直射は避けてください、光は毒ですから、と私は、医者に注意されていた。その夜私の顔は、目鼻が埋まってしまうほど、膨れ上った。水ぶくれ状態で、熱が出た。カナも熱を出した。

その年の夏は、あちこちの海水浴場で、私たちのような症状の人が出た。皮がむけてぶちになった私をみて、香子は笑ったが、そのときのことを忘れているらしかった。被爆者は夏の光線を避けるように、それ以上の光を受けると危険である、と噂が流れていたのである。原爆症の治療法がないように、全面的に否定出来ない噂も、あったのである。

太陽が沈むころに、香子は網に入ったさざえをさげて、女友だちと二人で帰ってきた。男友だちは、ボートを漕いで沖に出ているので、残してきたのだそうだ。聞き流していると、あの人をどう思う、と香子が私たちに訊ねた。女友だちが、にやけている、といった。香子は、ふーん、と生返事をして、おおちはどう思う、と私に聞く。にやけている、と私もいった。色男ぶっているわよ、と江戸っ子の友だちが、追討ちをかける。そうそう、確かに美男子だけれど、私が合槌をうつ。香子は、ふーん、とまたいった。暫く間をおいてから、あの人と結婚するの、といった。私たちは顔を見合わせて、その場を繕おうとしたが、いってしまった言葉は致命的だった。

賛成しないな、と江戸っ子の友人がいった。

友だちに首実検をさせて、いうだけ言わせて、なお結婚する――香子らしい、やんちゃな発表だった。

香子はその男性と結婚し、その人の妻として死んで逝った。逝って五、六年になる。香子も子供を産まなかった。結婚して間もなく、持病になっていた腎臓病が再発して、救急車で運ばれたことがある。退院すると電話がかかってきて、天ぷらを食べると脇腹が痛むのだ、肝臓も悪いらしい、といった。食べなければいいのだが、天ぷらは大好物なのである。入退院を繰り返して、最終的には膠原病と診断された。病名をつけられた香子は、明るかった。原因は不明でも、病名はある。決定的な原因も摑めずに、食餌療法だけ指示されるのはかなわない、と香子はいった。

最後の入院となった数年前の秋口、香子から電話がかかってきた。また入院さ、といった。病院との付き合いは、香子の日常になっていたので、お見舞いにいく、と気軽に私はいった。珍しく浮かない声で、見舞いはよかよ、入院する前に逢わん、といった。今度は退院出来んような気のする、といった。前にもそういったことがある、と私はいった。前とは違うさ、お医者さんも、さりげのう宣告しなったもん、と香子がいった。長崎の友人に対して、私は慰めをいわない。友人たちも、私が肉体の痛みや不安を訴えても、気休めはいわない。黙って聞いてくれるのである。

香子の都合のよい日に、私たちは海が見渡せる丘の上のレストランで、昼食を摂った。うちの送別会、おごってね、と香子が、グラスを上げて、いった。次の世に移っていく香子の送別会、なのである。香子はおどけて、グラスの陰からウインクを送る。よく動く大きな目と、小さな薄い唇をした香子は、男子学生によくもてた。呼び出されると、私を供に連れて、逢い引きの場所である公園や喫茶店に、出かけていった。それから四十数年。

香子は運ばれてきた料理を食べながら、私にほほえみかける。香子は死ぬ覚悟が出来ているのだろうか。病気の原因は、兄の骨を探して歩いた原子野にあるようだが、直接被爆した被爆者たちより、感情的には死の射程距離は遠い。死への覚悟など、なかなか出来るものではない。それでいて、香子と私はあの世へ旅立つ送別の席へ、ほほえんで坐っている。二人とも、それほど肚は据わっていない。それほど醒めてもいないのである。

送別会はやめ、割りかん、と私はいった。

お気のままに、と香子はいった。ばってん余計なことはいいますな、さよならって握手して別るうね、といった。兄さんの待っとんなる、そう考えれば死ぬ日の怖さより、おかしかねえ、心の弾むとさ。父さんも母さんも逝っとんなるけれど兄さんに逢いとうして、といった。

私たちは、さよなら、と握手をして別れた。それから一月余りで、香子は次の世へ移っていった。死因は肺癌である。四十九日の供養の日、香子の骨を返して欲しいそうです、と香子の夫がいった。二人の結婚に反対していた両親は、亡くなっている。誰が遺骨を返してくれ、といっているのだろう。お兄さんの遺骨もないそうで、せめて娘だけでも親の側に埋めてやりたい、と親戚の方がいうのです、といった。分骨でもよろしいでしょう、と骨に執着のない私はいった。香子の夫は首をふった。五回も六回も体にメスを入れられて可哀想でした、骨だけは揃えて納めてやりたいです、といった。

骨であっても、その人への思いは生前の姿につながって、愛しいのである。かつて、にやけている、と切り捨てた男の、老いと美しさがちぐはぐに混在する顔を、私は眺めた。生前香子は、離婚しようかしら、とよくいった。独りでいるのが好きらしいの、赤ちゃんもいらないんですって、といった。一緒に海岸で遊んだ女友だちにも、相談をしていたらしい。考えもにやけてるのよ、といったそうである。夫のほうにも、不満があったのだろう。

しかし、骨になった妻を抱いて夫の心は、香子の上にある。夫は妻の〝個〟を守ってやることで、二人の結婚を完結させようとしていた。

話が決まるまで寺に預けます、と夫はいった。その後、骨の行方はどうなったのだろう。

Fがいうように、死者の骨はごちゃごちゃと、山をなして賑やかなのもいい。年月が経って骨が崩れる。骨たちは軋んだ音をたてながら、仏の座に近付くために、出来た空間を我先に埋めて、新参の骨たちを迎える。静寂の眠りも好ましいが、ときに争いが起こるあの世も楽しいではないか。

このお寺の納骨堂もいいなあ、と私はいった。

私には、上海に住んでいたころの学友と、長崎時代のクラスメートがいる。上海時代の友だちは、女学校二年生の三学期の末まで。昭和二十年の二月の末までになる。長崎での友人はその後の期間、八月九日を共有している同学年生たちである。どちらも行き来はあるが、死亡者の数は、圧倒的に長崎の友人に多い。訃報は二十代から続いて、この数年は耳をおいたくなるほどの、発病と死者の数である。還暦を過ぎれば避けられない人の常だが、上海の友だちと比較すると五、六倍になる。

正確な年月は忘れたが、病気見舞いや香典などに当てる基金を、同学年の有志から集めて、ささやかな会を、長崎で発足させたことがある。奉仕をしてくれる世話人のおかげで、会は運営されてきた。昨年だったと思う。会の中止を問う知らせがきた。会の中心は長崎にあるので、長崎に住んでいる友人たちに、労力の負担がかかる。年齢的にも肉体的にも、これ以上は不可能ということだった。会は解散した。訃報と発病を、現実の数として受け止めてきた学友たちに、私たちは心から感謝した。肉体の老いを理由に挙げてあるが、彼女たちが負ってきた心の重圧を考えると、申し訳なかった。一つの、小さな会の解散であるが、「被爆者集団」の、半世紀の歩みをみる思いがするのである。

被爆者を診察しながら、実状を訴えてきた一人の医師がおられる。広島で被爆した、当時軍医だったS医師である。S医師の話によると、六日九日の被爆者を医学的に追跡調査し、統計化した研究書は、日本にはないという。つい最近まで、人体に及ぼす放射線障害は、敗戦後に進駐してきた米軍の〝原爆障害調査委員会、ABCC〟の発表が主流をなしていた。爆発の瞬時に限っていえば、肉体的な損傷は、距離が大きく左右する。生か死、ということである。最近の報告では、被爆した肉体の問題点は、持続する時間にもある、という。S医師はさらに、六日九日が人の精神に与えた影響の大きさも問題です、これは時間では解決出来ない、という。

科学の最先端をゆくアメリカが、半世紀も前のABCCの調査を、後生大事に、今日の問題としているとは、私には思えないのである。大地に残留する放射性物質や、地球をめぐる原子雲の危険、核分裂によって吸い込んだ分子による「体内被曝」の実状も、承知の上でのことだろう。ミクロの世界で起こっている「体内被曝」、マクロの世界で現象として起きる生き死に、いずれにしても私たち被爆者は、六日九日を実証するものとして、今日まで生きてきた。精神的に痛められて、女学校卒業後、日ならずして自殺した友人もいる。ミエという少女だが、前にも私は作品のなかで取り上げている。定期試験中に、小水を洩らしてしまった少女である。気付いた私は、机のさんにかけてあった雑巾を、爪先で蹴って渡した。水溜りの端に雑巾の角が触れて、みるみるうちにしんなりと、雑巾は体を崩していった。ミエは学年で有名な、文学少女だった。少女らしい感傷のない文章は、国語の教師も目をつけており、観察眼も言動も、他の少女から抜きん出ていた。そして律儀だった。目立たないように渡した雑巾を足で押え四、五回往復させてから、ありがとう、と内緒ごとにしては大きすぎる声で、礼をいった。突発的な現象はミエだけではなく、あのころ私たちの心身には、とうに脱したはずの、幼児期のころに還る出来ごとが起きていた。ミエの、教室での失策もその一つで、同じ失策を、おねしょ、という形で私は経験している。女学校三年生の娘に、あってはならない失敗に、私は打ちひしがれて、夜尿症になるのでは、と心配した。その夜は被爆以来はじめて、深い眠りを私は眠っていたのである。気に病む私を病院に連れていった母は、あれからずっと、眠れないでいたんです、と医師に説明した。寝返りばかり打つ私に、母は気が付いていたのである。

医師は、浦上の工場から生きて帰ってきたお嬢さん、と私にいって、心の奥に溜っていた恐怖が一つ取れたんだよ、よかったね、人間にはね、恐怖にも我慢にも限界があってね、耐えられなくなると脳が救済の手を差し伸べてくれるんだよ、心配することは何もない、自己救済だから、といった。あれが第一段階の、私の自己救済だったのだろう。

ミエは私のように、単純ではなかった。雑巾を渡した私に、負い目を感じていたのだろう。目が合うと試験の日にみせた、泣き笑いの表情をした。

卒業して間もなくである。ミエが自殺した、と噂が立ったのは。一人で生活をしていた、という。東京から転校してきた少女も、自殺した。ミエと転校生の少女は、対照的な姿形をしていたが、二人とも文学少女だった。歯切れのいい東京弁で、ミエと文学の話をよくしていた。長崎で生まれて育ったミエも、標準語で話をしていた。ミエは堀辰雄の愛読者で、『風立ちぬ』は読みましたか、と尼僧のように感情のない口調で、私に聞く。いいえ、と答えると、では題名からどんな感じを受けますか、と話の糸口をくれる。忍び足の女、と答えると、ううう、とこもった笑い声をたてた。話しかけられると苛立つが、私はミエが好きだった。地方の大きな百姓の一人娘だったが、水呑み百姓よ、といった。服装は変わっていて、絣のモンペを荒縄でしばって着ている。ベルトしないの、と聞くと、いやねえ、ヘッセの夏の干草の匂いじゃないの、といった。顔に、ガラスの傷跡が残っていたが、目立ちはしなかった。休み時間になると、誰も聞いていなくとも、文学の話をはじめる。X先生の授業よりむずかしい、というと、あごを引いて、ううう、と笑う。笑うと傷跡がつれて、光った。しかしミエより深い傷をもつ少女は、沢山いた。

非凡な少女だったので、私のような自己救済は不可能だったのだ。八月九日は脳裏で増幅されていって、小説に書く、といいながら、物語りの枠内に納まりきれなかったようである。自殺の原因は失恋らしい。

年頃になった同級生たちは、それぞれに春を迎えて、恋の噂があちこちで立った。ケロイドの跡が顔や胸にあっても、恋の季節はやってくる。結婚する者、破局に終わる者、さまざまである。男の親たちから結婚を反対されるのが、破局の原因になっていた。男女とも被爆者の場合でも、男の親たちは健康な娘を希む。並みの常識をもつ人間なら、わざわざ不安な道を選んだりはしないのである。

女学生のころから将来の道を決めていたミエに、小説書いたら読ませてね、と私は約束をとっていた。面白い小説を書くから、期待しててね、といって、最初に書く小説の構想を話してくれた。ミエは、なぜわたしたちが生きて帰ってきたのに病苦にみまわれるのか、わけを知っている、と聞いた。

九日に死んだのはね、善なる生命をもった人間、生物だけなの、兵器工場の塀の周囲にドブがあったでしょう、覚えている？　あの日防空頭巾と弁当を工場に忘れたの、逃げるときにね、だから終戦になって探しにいったの、といった。あったの、と聞くと、アルミの弁当箱はあった、黒焦になったご飯が入って、といった。私が避け続けた爆心の地に、防空頭巾を探しにいったミエの精神状態が、理解出来ずにいると、みていて損はないのよ、小説家は、まして人がはじめて経験した新型爆弾でしょう、工場は鉄骨だけ残って、知恵の輪のように絡みあっていたわ、こわれると屑の山ね。人間ってね、屑の山を金科玉条として生きているのよ。焼け跡での発見は文明という屑の山と、道。

人が立って歩きはじめた原始時代にも、まっ先に現われたのが道だと思うけれど、滅びた後に残るのも道。整然と続く、行くあてのない道ね。鉄屑やガレキに道幅をとられて狭くなっていたけれど、これも被爆後に逃げる人がつけた道。面白いよお、道って。

道を辿って工場の外のドブに出たの、何をみたと思う。小さな丸い目をいっぱい見開いて、ミエが聞いた。大きな溶鉱炉、と私は答えた。ミエの雑記帖の隅にあった、落書が浮かんだからである。〝利巧な大人は嫌いだよ　処女を一人、また一人、炎のなかに投げ入れる、利巧な大人は嫌いだよ、あっかんべい〟と誰かの真似らしい詩が、紺の色鉛筆で書いてあった。ミエは、いつもの、首を絞められたような笑いで打ち消すと、ドブ、音がしたの、泡が弾ける音、そして小ちゃな穴。メタンガスじゃないかな、ちがう？　これを書きたいの、善なる生命は滅し、悪魔たちは地中に潜った、ノアの箱舟の反対、あの日わたしは閃光をみた、わたしは気を失ったけれど、素早く彼らは地中に隠れたのね、といった。生き残った私たちは、本来死ななければならない生命だったのだ、といった。

ミエの話を、私は納得した。焼け跡でどの命よりも早く甦ったのは蛆であり、ハエである。ハエは病原菌を運ぶ。善なる命と称えるものは、いない。

単純にはね、とミエがいった。そこから悪は命を得て、人類に取って換わるの、という。愛読の書『風立ちぬ』とは、似つかわしくない世界である。そんなことはない、悪のロマンって無限、書けるか書けないか、限界は能力よ、咲かせる花の色もさまざま、といった。

悪のロマンの限界も無限も綴らないうちに、ミエは命を絶った。ミエの死は、私たちが歩いてきた人生の、初期に迎えた暗示的な墓標になった。

遍路は求める旅なのだろうか。捨ててゆく旅なのだろうか。札所巡りで身にしみたのは、札所の寺を探す苦労だった。つい二昔ばかり前まで、観音巡りの順路は、田畑と野原のなかにあった。人の手垢がつかない自然の風景のなかに、寺の甍は風物として点在していたのである。半島自体も、そうだった。山も谷も人の家で埋めつくされたのは、近年である。野山を侵蝕していく人家に、寺は忽ちのうちに呑み込まれて、家並みのなかに沈んでしまった。寺への道は迷路になって、人里と接近していながら、すぐ奥にある寺の存在を、人びとは知らないのである。仏と人界は遊離して、FとTは車をおいて、尋ねて歩く。予定していた最後の寺に着いたころには、夕暮れが迫っていた。

五百年の歴史をもつ寺は、これも山の頂にあった。自然石の段段を上った私たちは、乱れた息を整えるために、大きく空気を吸った。木の葉は繁って空をおおい、寺を包む大気は湿気ている。

人気のない庫裏に向かって、私たちは案内を乞うた。ほどよいしわを刻んだ婦人が、どちらからですか、と問い、まあまあ遠方から、といって、障子戸を左右に開けてくれる。部屋の内に明りはないが、婦人の顔や、物の形はよく判る。カナの手拭いを、私は木のテーブルの上に差し出した。婦人は丁寧に伸ばしながら、肌じゅばんにご朱印を乞われる方もおられますよ、ご病気の人にも逝かれる人にもよろこばれますよ、といった。話し声につられて、庫裏よりなお暗い奥の部屋から、あと一人の婦人が顔を出した。

応対してくれている婦人より三つ四つ、年上だろうか。背中が曲った白髪の婦人である。簡単服を着た二人は、姉妹のようにみえる。

手拭いの前に坐った婦人、妹らしい人が、ご朱印の印を探す。印は古い木箱に入っており、これかしら、と首を傾げて、印の文字を目で読んでいく。これでしょう、と姉らしい婦人が白い腕を伸して、がらがら音をたてて探して、渡す。受け取って、朱肉をつけようとする。

南無観世音菩薩、菩薩の印は墨でしょう、と姉らしい婦人が注意する。寺のご本尊は、滝見観音である。ああ、そうですね、とのどかに受けて、墨汁のスタンプインキを探す。

私たちは正座して、二人のやりとりを神妙に聞いていた。

朝から幾つかの寺を巡って、ご朱印を捺してくれる寺の人びとの、多様な個性に触れてきた。五、六歳の孫に手伝わせて、トレーニングパンツを着た住職が、ご朱印を捺してくれた寺もあった。吠えたてる座敷犬を追い払いながら、の住職もいた。有難いと思う心よりも、いずこも人の世であることの、確認が大きかった。そのなかから、私なりに、遍路の意味を汲みとることなのだろう。そう考えると、精製されていない、人の生地に触れながら取捨していく面白さがあった。

姉妹らしい婦人は、僧籍にある人ではないが、私の姉妹より数等穏やかである。何処かで突っ張り合っている消せない個性も、ほほえましい。姉らしい婦人が、マリア観音さまを拝んでいただいたら、といった。浄土宗の寺に、マリア観音さまである。

カナが住んでいる島にも、マリア観音が祭ってあった。その島のマリア観音は、キリスト教の弾圧に抵抗して戦った信徒たちが、島に逃れてきて、隠れて祈った観音像である。天草の乱は一六三七年である。この寺の歴史はそれを越えるが、マリア観音が寺に祭られるようになったのは、いつの時代からなのか、不明だという。ただ、マリア観音であることに間違いなく、江戸時代の作だという。

この半島にも、キリスト教徒弾圧の歴史が、あったのだろうか。

婦人の案内で私たちは、本堂からさらに十数段の石段を、上っていった。観音堂は、苔の多い平地いっぱいに、建っていた。婦人が御堂の錠を開ける。四畳半ほどの広さだろうか。なかは、低木の繁みのせいで、いっそう暗かった。私たちは許しを得て御堂に上り、側近くに寄って、マリア観音の姿を仰いだ。お顔は、東洋的である。姿形は年月にくすんでいるが、金箔の小柄な観音さまは右の胸に嬰児を抱いている。嬰児の抱き方にも、この宗教がおかれた浮き沈みの時が窺えるそうだが、山椿の花の色をした、明るい服を着せられたイエスさまは、マリア観音の顔を見上げている。母と子の表情は、カナが住んでいる島のものとは、異っていた。

島のマリア観音は、もっと東洋的で仏像に近かった。偽装の目的を、完全に果していた。

隠れて拝む信徒の一途な信仰心は、仏をも厳しく鍛えたのだろう。

安産の仏として村人に慕われてきた半島のマリア観音は、あたたかく、胸の嬰児も乳を求める甘えを、横顔に残している。どのような年月を経て今日が在るのか、御仏たちも人の世の有為転変に弄ばれて、常なる世を求めてこられたようである。私たちは婦人たちの好意に礼をのべると、暗くなった山を、降りた。

お嫁さんとお姑さんかな、と青年の一人が、ぽっ、といった。もう一人の青年が笑って頷いた。

青年たちとの、遍路の一日は終わった。これから社へ戻ります、と愛車のガラス窓を下して、TとFが挨拶をする。ありがとうございました、と私は礼をいった。感じることがある寺巡りでした、何がしかの思いを共有出来て、よかったと思います、と青年たちがいった。慎しい言葉に感動し、去ってゆくテールランプに向かって、私は頭をさげた。

車という機動力をかりて、札所巡りは予定以上の成果をあげた。残りの寺はバスと足を使って、つないでいこう。札所の一つ一つは、冥土への一里塚でもある。ゆっくり歩いて、静かに友人たちの許へ近付いてゆく。辿っているうちに、カナの平穏を願う気持に添って、髪をリボンで飾る楽しさも許されずに戦火に消えた、少女たちへの不憫が重く胸に広がっていた。

すてきな青年たちでしょう、恋をなさい、と私は、少女たちにいった。夜の空の彼方から、少女たちも彼らを見送っているはずである。あなたには大勢の霊がついている、と頼みもしない易者から、告げられたことがある。そのときは笑ったが、いまは信じたいのである。二人の青年を、彼女たちに引き合わせたことに、私は満足していた。彼らは札所の、それぞれの観音像の前で、長い間合掌していた。心の隅に少女たちの面影をおいて、祈ってくれていたのだろう。

昨一九九八年十一月、「国連軍縮長崎会議」が長崎市内で開催された。参加した国は二十三ヵ国。各国の代表者たちは開会式の前に、原爆資料館を訪ねている。そのときの様子が、新聞に報道されている。パキスタン外務省軍縮担当局長、シャバス氏の言葉を引用してみる。

「あの時に何があったかよく分った。あってはならないこと。インドが核を持ったので私たちも自衛のために持たざるを得なかったが、インドとパキスタン両国は政策を変えなければならない。」

資料館をはじめて訪ねたシャバス氏の言葉は、心からの言葉だと思う。「あの時に何があったか」そしてその後に何が起きているか。

インドのサビトリ・クナディ氏は「五大国に核を独占させてはならない。どの国も核を保有しないことこそ、本当に安全な世界を実現できる。」と。

前に引用した、一九四八年の八月九日、長崎軍政府司令官・デルノア中佐のメッセージを私は思い出す。

「——三年前の今日の出来事は他の国民のみならず、日本の国民にも人類が無限の破壊力を持つ原子力を獲得したことは戦争が真に無益なものなることを知らしめた——」

中佐のメッセージにも、私は人間の、心の底からの言葉を聞く。そして半世紀。小説の進行中に「コソボ地区」の空爆に劣化ウラン爆弾が使用された。原子爆弾と何ら変わらない。テレビニュースに映し出される子供らの頬に、涙が光っている。為政者たちは、この涙をどんな思いで眺めているのだろう――。そして、戦争は、誰のための戦いなのだろう。

命とは何だろう。大辞林には――生物を生かしていく根源的な力。生命――と説明してある。説明から推すと、固有の名をもつ個人は、命を包む皮袋ということになる。夢がなくなるが、より神秘的でもある。力、エネルギーの停止が死だから、死の沈黙は、私に圧力をもって重くのしかかってくる。そしてこの、具体的な現象からくる死が人に在るから、悩み苦しむ。苦しみや虚しさの根源も、死が生の基調になっているからだろう。

遍路の旅が終わるころに、一人の少女が急逝した。十三歳の、中学一年生である。授業中に気分が悪くなって、救急車で病院に運ばれた。意識が回復しないまま、翌日少女は逝った。少女は、その学校の制服に憧れて受験し、見事に希望を叶えたのである。同学年の少女たちは、制服に第一礼装の黒いストッキングを着用して、友を見送った。クラブ活動を共にしていた少女は、衝撃を一人でかかえることが出来ず、私の家の幼い者に電話をかけてきた。遊園地でジェットコースターに乗りたいから付き合って欲しい、というのである。

話を聞いた私も衝撃を受けた。教室で艶れた制服姿の少女が脳裏に浮かんで、一人の人間が占めていたこの世の場所が、いかに大きなものであったかを、知らされたのである。

見知らぬ少女の死は、予想もしなかった、五十数年ぶりに私を襲った鮮烈な死と、不在感だった。なぜこれほど、名前も知らない少女の死に、私は心動かされるのだろう。香子の死にも、哲学者の死にも、静かな送別があった。

振り返って考えると、私に死をはじめて意識させたのは、八月九日の、友人と師の死である。敗戦後の十月に、第二学期がはじまるのだが、その追悼式で、死亡した生徒たちの名が読みあげられた。担任の師が読みあげる名前のなかに、三人の少女の名があった。三人の少女の名は、下敷になった工場からはい出て、金毘羅山に逃げていく途中で私が耳にした同学年生の名前だった。浦上地区の惨状は、被爆を免れた町へ、原子雲より早く伝わっていた。肉親や親族を探しに、人びとは浦上に入ってきた。そのなかに、国防色の国民服を着た中年の紳士がいた。彼は逃げる私の腕章をみて、君と同年だと思うけれどOとEという少女を知らないか、と聞いた。名前は知っているが、私は少女たちの顔を知らない。工場の何処に配属されているのかも知らない。私はそう答えた。紳士は、探しにいく途中だけれど、君も注意して帰りなさい、といった。二人の少女の姓名は、その瞬間から私の脳膜に貼り付いてしまった。あと一人のUという少女は、工場のなかの、コンクリートの道に倒れていた。職場は第四機械である。Eは即死で、Uと同じ職場である。工場に同行された師の「工場日記」をみると、U、死亡？　とある。Eは、はっきり即死、としてある。Oの職場は第一仕上げで、死亡、とある。動員された三菱兵器製作所、大橋工場の地図をみると、三人の職場は、工場の中央にある。

Uの名を私の耳に入れたのは、逃げてゆく学徒の、大学生だった。履いていた靴に名前が書いてあって、小指がまだぴくぴく動いていたけれど、といった。大学生も私の腕章にある女学校の名をみて、瀕死の少女の命の所在を、告げてくれたのである。偶然だろうが、被爆直後に耳にした少女の、三人ともが、私が逃げていたときには死んでいたのである。

追悼会の席で、私は呆然として少女たちの名を、頭のなかで繰り返していた。次次に読まれていく死者の名は三人の死に吸いとられて、驚きも悲しみも、それ以上はもたらさなかった。あのとき私は、逝った友だちの冥福より、私自身の救いを求めていた。八月九日の、松山町の丘から約二ヵ月、ナムアミダブツの念仏もなく、ひたすら助けを求めていた。閃光をあびる前の私に戻るために。

あれから長い時間を生きて、私が口にする死も命も、あのときの切実さは薄れている。突然飛び込んできた少女の死は、五十数年前の私たちと同じ年頃のためだろう、痛烈な死の実感を、心に吹き込むことになった。

九月の下旬、半島に照る太陽は、容赦なく暑くなっていた。青年たちと歩いた札所巡りから、一週間ばかり過ぎた日である。

家がある町から、私はバスに乗った。半島の外側、太平洋を遥かに見下して建つ札所を、訪ねるためである。半島の内、外の目標は、地図の上でみたら、ということである。訪ねる寺は、海岸線から五ミリと離れていなかった。予定はこの寺を皮切りにして、湾に沿って建つ札所を廻る。三つか四つの寺が廻れれば、よいほうである。

三十分ほどバスに乗った私は、目的地の停留所で降りた。午前十一時近くである。地図をみながら歩いていくうちに、夏物大バーゲンセールの旗が揺れていた商店街が、終わった。そこから先は、なすの畑である。海の香りは、何処にもない。私は商店街まで戻って寺の在り処を聞いた。畑のなかの道をずーっと歩いていって、そこいらで聞いてください、という。私は、なす畑のなかの、コンクリートの道に戻った。

上海の女学校時代に生物の授業で、なすを育てた経験がある。夏休みが終わって登校すると、菜園のなすから紫色と艶が消えて、褐色にやつれていた。生物教師の指示に従って、水状に濾過した下肥を、根の隅隅までかけてやった。翌日みにいくと枝は甦って、濃い紫色に変わり、数日経つと、柔らかな実がなった。育てた愛着が私にはあって、道端になっている秋なすの実を、つまんでみた。実はコンクリートの熱を吸って、熱く煮えている。人も草も暑く、日陰のない道を歩いていると、自動車のスクラップ置き場がある。その先は舗装された直線の道と、遥かな遠方に、町工場らしいトタン板の屋根がみえる。五ミリと踏んだ地図の上の幅は、歩いてみると半島の内陸、と呼んだほうが正しかった。

教わった道順通りに歩いていれば、寺の近くまできているはずである。私は背伸びをして、寺の屋根を探した。町のなかにいても甍を張った寺の屋根と、銀杏の木は目標になる。一廻転して四方を見渡しても、寺も木も見当らなかった。行きつ戻りつしている私を、紺色の乗用車が追い抜いていく。炎天下を走り去る車を、恨めしく見送っていると、百メートルほど先で、車が停った。真赤なスラックスをはいた女が、車から降りると、ひしゃくをもっている。続いて、茶髪の青年が花をもって降りる。彼岸を過ぎた墓参りである。墓と寺はつきものである。私は若者たちの後を、小走りに追った。二人が入っていった横道の先に、目ざす寺はあった。三十三ヵ所の札所で、私はこの寺の名に惹かれていた。寺の名は無量寺という。ムリョウ、と発声する滑らかな舌の動きも好きだが、無量の光、無量の知恵。どう足掻いても叶わないもの。ご朱印をいただいて歩く私の心を包みかかえてくれる、期待があった。カナのためにも心をこめて、祈りたい寺である。

カナは、夏がくるたびに陥る、うつの苦悩から救われたいといって、ある夏、島の寺に籠った。写経をし、経を唱えて、決められた務めを了えていた。務めを了えて、住職からいただいた名が、紫金汀遊である。新しく得た名と、生身のカナとの間にどのような差異ができたのか判らないが、島の岬からみる夕暮の海原のように、美しい法名である。紫金汀遊の法名を私はあらかじめ、カナの手拭いに書いてもらっていた。

幾つ目の札所だったろう。濃紺の作務衣をつけた清廉な住職に、書いてもらったのである。三十代半ばにみえる痩身の住職は、ご朱印をいただいて、お礼は如何ばかりか、と訊ねると、お気持で結構です、といった。用意してきた包を渡すと、合掌してそれを受ける。余計な言葉も、余計な仕草もない。無心な僧の姿に感銘を受けて、書いていただけないだろうか、と頼んだのである。その法名と並べて、無量の二文字を書いてもらうつもりで、手拭いの白地を、空けていた。

私は、茶髪に剃りを入れた若者の後について、山門を入った。庫裏の玄関は磨きあげてあった。留守番の夫人が、何処に捺しますか、と札所の順番が飛び飛びに捺してある手拭いをみて、聞く。紫金汀遊の名をさして、この横へお願いします、仏さまに仕えるときの名前だそうです、と私はいった。どなたの、と夫人が聞く。私はカナとの事情を話してから、あまりに切ないものですから、といった。

よいお友だちをお持ちですね、思ってもなかなかですからね、と夫人が私を褒めていった。ご朱印をもらった手拭いをもって、私は御堂の前の、石段に腰をおろした。光が頭上にあった。ナップザックから魔法瓶を出すと、まだ熱い麦茶を私は飲んだ。それから昼食用にもってきた〝あんぱん〟を出して、食べる。

背後に聖観音菩薩の目を感じながら、食べるのを止めなかった。住職が外出先から帰ってきて、御堂の前で物を食べている私をみて庫裏に消える。不作法をみられても、私は仏の前を立たなかった。自分の浅ましい心に、嫌気がさしていたのである。

紫金汀遊の名の横に、無量の文字を書いてもらおうと決めた辺りから、私の心中に、感傷の種が宿っていたようである。遍路の一歩は、純粋な気持で踏み出したのであるが。

無量寺の玄関でカナの手拭いを広げたとき、青年たちと歩いた日に捺してもらった朱印が、微かな匂いを放った。芳しかった朱の香りは、硫黄のすえた匂いに変化していた。数日前の過去の変化は、変わっていくものへの感傷を誘った。また、幾つかの菩薩の印は、私の「善行」の証にみえたのである。瞬間に、褒められたい思いがよぎった、のだろう。

あまりにも切ないものですから、と相手の感傷を誘う言葉を、私は口にしたのである。夫人は、さざ波ほどの波紋を、言葉のなかに読み取っていた。

私は石段に坐って、不愉快な自分の姿を光にさらした。陽は徐徐に移って、御堂の屋根の影に、石段が入る。ゆっくり立って、私は、茅葺きの旧い山門のほうへ歩いていった。境内の雑草を、寺の男衆が抜いている。一番近い札所への道順を、私は訊ねた。バスはいってないよ、歩くしかないね、二、三十分かな、と男衆がいった。

教えられた記憶をたぐって、三十分歩いても、それらしい寺はない。ゴミ袋をもって家から出てきた男に、私は道を聞いた。暑さは頂点に達している。第一の目標として教えられたトンネルの、入口がみえる。隧道を出たら百メートルかな、二百メートルかな、とゴミ袋をもった男は、寺までの距離を数字で示してくれた。

トンネルを吹き抜ける風に肌を冷やしながら歩いていると、轟音を響かせて、一台のオートバイが入ってきた。エンジン音はトンネルの壁を震わせて、いつまでも続く。目の先に明るい出口がみえているのだが、案外、長いトンネルである。

身の周りに光が増して、私はトンネルを出た。炎天下を歩いてきたからだろう、私は目まいがして、トンネルの入口にしゃがみ込んだ。隧道の内から、車やオートバイのエンジン音が聞こえ、音の束になって目の前を通り過ぎていく。人の話し声も、闇の内から近付いてくる。

　私はナップザックから、カナの手拭いを出した。それを広げて頭にかける。手拭いは両肩まで垂れて、よい日除である。直射の光が目に入らないように深くかぶると、再び私は歩きはじめた。風に飛びそうになると、両端を口にくわえる。恰好など、どうでもいい。遍路は、ひたすら歩くことなのだ。

　二百メートル歩いても、札所はみつからなかった。姿をみせない札所へ、私は腹を立てていた。人に道を聞くことは簡単なようで、むずかしいのである。教えられたように歩いているつもりでも、一度で目的地に着いたことがない。一直線の道だったはずが、二つに分れていたり、すぐそこ、と教えられた場所まで辿り着くのに、十分もかかったりする。個人の尺度で話すので、道を教えてくれる相手にまで、腹を立てていた。暑さのせいもあった。私の羅針盤は狂ってしまって、気が付くと同じ道を行ったり来たりしている。ふと私は、札所に住む仏たちが、道を変えて惑わしているのではないか、と疑問をもった。それなら、執拗に追っかけるまでだ。

　逃げ水が油色に光る道の向こうから、男がやってくる。札所の寺は何処でしょう、ほっかぶりを取らないで、私は道を聞く。男は答える。いくら行ったってこの先に寺なんかないよ、左に折れて、そう、この道を渡って、萩の花が咲いているだろう、赤紫色の。あの切り通しを下った先が海だよ、海岸に近い寺なんだろう。男の言葉に従って、私は道を渡ろうとする。そして止めた。切り通しの先に広がる空よりも、男が歩いてきた道の向こうの空のほうが、明るく輝いている。海は、その空の下にある。私は確信して、この先までいってみます、といった。寺はないよ、と男がいった。歩き出すと、くっく、と笑う声がする。私にはそれが、トンネルの辺りから賑やかになってきていた、クラスメートたちの笑いだと判った。

笑い声のなかから、「小歌」で鍛えた寂のある声で、そんげんきばりますなあ、とカナがいった。うちはね、六十を超えたときに考えをあらためたとさ、島の女俊寛っていうて、ずっと歎いとったろう、淋しかって。ばってん龍之介の「俊寛」を読んでみまっせ、京の大路を「盲人が一人さまようてゐるのは、世にも憐れに見えるかも知れぬ。が、広い洛中洛外、無量無数の盲人どもに、充ち満ちた所を眺めたら——」〝おれならばまつ先にふき出してしまふぞ〟って、いわせとんなるさ。視点の転換でしたい。〝まづ笑ふ事を学べ〟〝笑ふ事を学ぶ為には、まづ増長慢を捨てねばならぬ〟

うちのためにお遍路をしてくれて嬉しかよ、そばってん龍之介の言葉は万鈞の重みのあるよ、といった。そのうちゆっくり、龍之介の心は嚙み締める、それよりいまは、暑くって腹が立っている、と肩の辺りにいるらしいカナに、私はいった。

あのトンネルを出たところで、おおちがしゃがんだろう、うちは八月九日を思い出しとった、とカナがいった。逃げた山道の出来ごと、と私は聞いた。つい四、五年前に打ちあけてくれた、話のことである。

頭のてっぺんの切れて血の流れてね、目も顔もまっ赤、救急袋に入れとった消毒綿で顔を拭いたまではよかったけど、気の遠うなってね。道に転がっとったうちを、友だちが揺すり起してくれたとさ、肩を支えあって二人で焼け跡を逃げて、やっと山んなかに逃げ込んで、けもの道のごたる草のなかの道を歩いとったら、可愛らしかトンネルに出てね、金毘羅山のどの辺りやったろう、先がどうなっとるかわからん、素掘りの暗かトンネルさ、道に迷うたとでしょうね、逃げてくる人はうちたちのほかに、おじさんが一人。気の遠うなりながら、おじさんの気になってね、いま思えばおじさんが気付け薬の役をしてくれなったとかな、といった。

幾度も気を失いながら、二人がトンネルまで逃げてきたときには、日は暮れかけていった。浦上の空は地上の炎を、腐った魚のはらわたのように雲に映していたが、夕暮れとともに、静かな赤紫に変わっていた。カナたちは、トンネルの入口に転がっている石に腰をおろして、休んだ。二人とも履いていた下駄を無くしていた。山道で茨でも刺したのだろう、足の裏に血がにじんでいる。トンネルの口からしたたり落ちる水滴で、ハンカチを濡らして拭いていると、後からきていた男が寄ってきた。男は友だちの横に坐って、町に帰る近道のあるよ、おじさんと一緒にこんね、と誘う。童顔の友は、いこう、とカナの手を引く。カナは声を殺して、出来ん、いきますな、といった。そっちの嬢ちゃんは傷の深かけん休んどらんね、迎えを呼んであぐるけん、と男がいった。いこう、と少女がカナにいった。出来ん、カナは声を荒くしていった。

呼んでくるさ、町の人ば、と男がいった。うちは早う帰りたかよ、少女が泣き出した。カナは少女の腕をつかむと、おじさん先にいってください、うちたちはここで待っとりますけん、といった。

うちはね、とカナが私にいった。あんなんにいきますな、と止めながら悲しかった、といった。男のこわさを知っとったもん、うちは。どんげん好きな相手でも結婚するまではまっ白でおろう、うちの夢やった、あんなんは何も知んならんけん、おじさんについていくって、泣きなっとさ。

本当はよか人かもしれんよ、おじさんは。ばってんなして、先もみえんトンネルに誘うと? あんなん一人を。目的は明らかですたい。あんまり泣きなるけん、重傷で動けんうちを一人残して逃げなったって、みんなにいいふらすけんね、そういうたとさ。うわうわ泣いて、よしなった、といった。

二人は背中を合わせて、体を温めながら山のなかで一夜を明かした。男は山の脇道を、下りていった。いってしまいなった、といって、少女はいつまでも泣いていたという。

うちはね、あんなんを守ってやったとさ。男を信じて泣きじゃくる幼なさが、羨しかった。恨んどんなったばってん、説明しても男と女がどうなっとか、知んならんけんね、みんなと違うてしもうた自分が、口惜しかった、とカナはいった。

カナは、私にはかなり詳しく過去を話してくれていたが、八月九日の夜の、山道での出来ごとは、長い間隠していた。はまゆうを送ってくれたころ、だったろうか。この夜の出来ごとにかこって、総てを話してくれたのは。

うちは女学生のころから心に決めた人のおったとさ、戦争中のおさだまり、征きなる夜に、うちはその人のものになった。生きて還れないかもしれないから、君が欲しい、そういいなった、軍国の少女でしたい、欲しいという言葉のなか味は、うちもよう知らんやったしね。それから二ヵ月後に被爆、あの山のなかで、はじめてみんなと、おおちたちと明らかに違うてしもうた肉体を、思い知らされた。還らんでしたい少女のおおらかな心は。悲しゅうして。後悔はしとらん、と思うとる、けど、ようわからん。

女俊寛の物悲しさは、少女期から尾を引いとるような気のする、おとめの悲哀は龍之介にもわかってもらえんやろうね、生涯を一人の男と暮してきながら、そこだけは許せんとさ、〝無量無数の盲人のなかにいても〟カナはいった。

カナと話している私をみて、すれ違った女が、道をよけた。畑仕事の帰りらしく、くわをもっている。みえない相手と話すほっかむりの私に、気味が悪かったようである。私は、気にかけなかった。これから先に続く札所巡りは、ありのままの姿であろう。笑いたいときに笑い、カナや友人たちと話したいときには、架空の姿に向かって語りかける。常の人であるために、心と肉体にはめてきた枠をはずして、気持に素直になろう。溜っている体内の毒を吐きながら、道が続く限り歩こう。そこで行き倒れになれば、本望である。遍路の末の到達点は、消え去ること。消えることによってしか、私の救われる道は無いのではないか。

カナが高高と笑った。冷静にならんね、といった。本気よ、と私はいった。へえ、よかさ。毎年夏が近こうなれば、うちは家のなかに籠ってしまうやろう、雨戸をぜんぶ閉めて。光は雨戸の隙間から射す細か一筋だけ。夏掛けの上に射しとった光は一日ずつずれていって、秋が近こうなるころには光も筋も弱うなってくる、九月も終わるころには、光は涼しゅうなってね。闇のなかに射してくる光を頼りにうちは生きかえる。脳味噌も熱を下げてくれて、庭の花の手入ればせんばって、床上げのでくるとさ、心身ともになかなか死ねんさ。

うちの頭は割れたろう、工場の鉄骨が頭に落ちたとやろうね、割れ目から放射能のゴミのたいそ入っとるけん、分解掃除の出来れば洗うてもらいたかよ、すっきり生きたかもん、といった。

垂直に切り取られた石切り場の、崖の下まで私は歩いていた。トンネルを出て四、五十分は歩いている。あきらめて、次の札所を訪ねるために引き返したときに、目的の札所の山門が目についた。入口が人家の門柱のようにみえたので、寺の前を通りながら気付かなかったのだ。寺は、漁港を見下す高台にあった。赤くほてった私の顔をみて、境内の掃除をしていた寺の夫人が、冷えた烏龍茶の缶をもってきてくれた。私は合掌して、お茶の缶を受け取った。

寺の坂道に木陰がある。私は木陰に腰をおろして、海を眺めた。海面は、入り陽に染まって、さざ波を立てている。四時近くである。釣り人を乗せた漁船が、帰ってくる。坂の下の道には、釣り船〇〇丸、と看板を立てた平屋が、軒を並べている。平屋の裏通りが、桟橋になっていた。

オレンジ色の救命具をつけた釣人たちが、横ちょうの細い道から、出てくる。豊漁のようである。男たちの話し声が弾んでいる。女もいる。発泡スチロールの箱を、胸にかかえている。釣をはじめたばかりのようで、一式揃った男たちの釣具に比べると、女の釣り道具は、寄せ集めた感があった。それでも女は、男たちに負けない焼けた肌をしていた。

カナが住んでいる島を取り巻く海は、目の下の海より雄大で、べたなぎの日は、白銀のように重く輝いていた。大海に足を伸ばした岬に立って、私たち二、三人のクラスメートは、カナと一緒に海を眺めていた。本卦還の祝いの日だった。海のまっただ中にある島は、一年の大半が、荒れる風と波にさらされている。女俊寛だと歎くカナの淋しさは、岬に立って円形に広がる海原と向き合ったとき、体の芯まで迫ってきた。海原に二、三隻の漁船が、黒い点になって浮かんでいた。人影は勿論みえない。多分、水平線と岬との中間に浮く船の上では、親と子が——夫と妻かもしれない——力を絞って、投げた網をたぐっていることだろう。島を巡る暖流は魚の群を運んでくるので、島や漁師一家には、なくてはならない海である。

のどかねえ、と一人の友人がいった。船板一枚下は地獄って漁師さんはいいなる、のどかであり、孤独でもある、ばってんお陽さまの光はよかね、とカナがいった。反射的に閃光が頭をよぎって、あの日閃光をみたか、という話になった。うちはみた、瞬間にカメラのシャッターのごと瞼の落ちた、と一人がいった。閃光のなかにいたのは事実で、友人の両腕と背中には、火傷の跡がある。顔にふわーっと、ボイルをかけられたようだった、とカナがいった。カナたちは、永井隆博士の報告書にある〝四方八方から地上に降って〝どこにいても閃光をみたことになる〟状態で、閃光をみたのである。

閃光をみたかみないか、水晶体を調べれば判るげなさ、とあと一人の友人がいった。同学年生の幾人かが、原爆症による白内障の認定を受けている、というのである。国は六日九日と、被爆者の病とのかかわりを認めたがらないが、白内障は、明らかな違いがあるのだそうだ。調べれば判る、という話に、私は興味をもった。私は、自分の人生で八月九日に遭遇したことを、最悪の運命と思っている。九日がなければ、人並みに穏やかに生きられただろう、と悔むのである。それでいながら、我が身に起きていることを追究して、実証したくなるのである。

どう違うのか、と私は聞いた。細隙灯顕微鏡でのぞけば、原爆症による白内障は、水晶体の中心に固い濃厚な、混濁が堆積しているという。後天性の老化による白内障との違いは、堆積した固い白濁が、水晶体の中心にあること。六日九日の一瞬の事実に年月をかけて出した、人間の答えである。

あのころ、光で瞳を焼かれたって噂のたったろう、単純にいえばそういうことやろう、と友人がいった。診てもらおうかな、と私はいった。ようみゆるとやろ、みゆる目にマイナス点はつけますな、とカナがいった。白濁と視力の低下は、必らずしも一致しないそうである。ただ私は、あの日どんな状況であの木造小舎にいたのか、原子爆弾とどんな位置関係にあったのか、知りたいのである。

うちは調べてもろうたよ、と水晶体を調べれば判る、といった友人がいった。視力が落ちたので診てもらったら、きれいです、と診断されたという。何かしら拍子抜けのしてさ、複雑か気持よ、といった。私は頷いた。実証されても、何の得にもならないのである。むしろ、強力な閃光の影響を受けている肉体の欠損を、駄目押しされたことである。

毒を喰わば皿まで、業なもんでしたい、カナがいった。

被爆者の瞳を焼いた人工の光線に比べると、半島の海に落ちてゆく陽の光は、優しかった。私は、手にもっていたカナの手拭いを、ナップザックに仕舞った。気のせいだろう。十数ヵ所のご朱印を受けた手拭いは、朱肉の脂のせいか少し湿って、重くなっている。三十三ヵ所廻ったら送ります、とナップザックを叩いて、私はカナにいった。カナの行方はしかし、不明なのである。

私は坂を下って、商店街にあるバス停までの長い道を、歩き出した。帰りは迷うことなく、四十分も歩けばいいだろう。釣人たちが、停めていた車に乗って賑やかに帰っていく。ガソリンの匂いを嗅ぎながら、御詠歌の代りに私は、逝った友人たちの名前を呟く。一歩一歩の歩に合わせて、逃げる道で聞いた三人の少女の名、三人の恩師の名。歌を忘れたカナリヤは、と銀の糸のように美しい声で歌っていたM子。一週間ばかり生きていたM子は、サイダーが飲みたい、と母親にねだった。主食さえ無い時代である。母親は砂糖水に重曹を入れて、飲ませた。おいしい、と深くいって、逝ったという。そして秀才だったS子。職場は給与課だった。師が遺した「工場日記」には負傷となっている。三十三回忌に、S子に似た小柄な母親を、みかけた。会場になった寺の石段を下りていく母親に、私は声をかけて駆け寄った。S子の思い出を、母親に告げたかったからである。心の優しい、笑顔を絶さない少女でした、と。

声に気付いた母親は、私のほうを見上げてから、顔を伏せて、足早に石段を下りていった。生き残って回向する娘の同級生を、母親はどんな思いで見上げたのだろう。喪服の母の険しい視線は、S子の笑顔を消してしまうのである。

私は、母親のために、ナムアミダブツ、と念仏を唱え、ミエ、香子、忘れていたR子の名を口ずさんだ。R子が逝ったのは四十五、六歳のときである。出版されたばかりの『祭りの場』を二十冊もって、訪ねてきてくれた。大学生の一人娘と十冊ずつ風呂敷に包んでかかえて、病が癒えたばかりの肩で、大きく息をしていた。小学校に上るころから、母親がいなくなっても一人で生きられるように、と一人旅をさせられていた、お嬢さんである。

嬉しいの、みんなに読んでもらいたいからサインして、とR子はいった。職場は工作技術課。「工場日記」には健在とある。私の家を訪ねてくれてから、三年も生きただろうか。

故郷のお医者さんに診てもらうのが一番安心なの、と月に一回、長崎へ帰って診察を受けていた。病状はよくない、と噂が伝わってきた。電話をすると元気な声で、来月も診てもらいに帰るといい、飛行機のほうが疲れが少ないでしょう、空からいくのよ、いろいろ大変だけど、主人が理解してくれているから、もう暫く我儘させてもらうわ、といった。棺に眠るR子の顔と体を白菊で、私たちは囲んでやった。被爆から病気ばかりしていたので、誰も病名は聞かなかった。

そして女医になったL子。職場は第二精密機械。消息の欄は空白になっているが、頰と唇に、ガラスが刺さった傷跡があった。利発な少女で、父親は長崎医科大学の教授。そしてI子。I子の父親も教授だった。L子とI子の父親たちは、娘を女医に育てるために、長崎医科大学に女医専を併設させようと、運動を進めていた。叶えば、第一期生として娘たちを迎える。親たちの希望も娘たちの将来も、その日に向けて進んでいた。二人の父親は、学生に講義をしているときに、被爆死した。父と子の夢は、消えたのである。女医になるつもりでいたI子は、一家の中心になって、働かなければならなかった。人目につく、美少女だった。I子も、十年ばかり前に急逝した。L子は父親の遺志をついで、女医になった。亡くなって、二十年になるだろうか。車を運転して帰宅する途中、くも膜下出血で死亡している。どの友人の死も、特別な病気ではない。ただ、呆れるほど病が執拗である。肉体のあちこちを、病気の種が飛び廻るのである。そしてL子やI子のように、あっけなく逝ってしまう。

札所巡りは、一つの寺を残すだけになった。それまでに二度訪ねて、二度とも留守だった札所である。札所をやめた寺もあった。遍路と観光が混同されて、潮の如くバスで寄せてき、引いてゆくのだそうである。神も仏もないらしい。

留守だった寺を最後に残して、私はその前に、S医師に逢って、話を聞くことにした。被爆後、被爆者たちの診療を続けているS医師に、病気の傾向を聞きたいと思ったのである。八十歳を越えたS医師は、待ち合わせのホテルのロビーに、先にきて待っておられた。四、五年前に銀座にある新聞社で、対談をして以来である。当時は杖をついて、顔色はくすんでいた。記憶していた表情に、経過した年月を足して想像していた私は、お年にみえる方を探していました、と正直にいった。S医師に辿り着くまでに二、三人の紳士に、もしや、と伺いをたてていたのである。S医師は甦った人のように、若若しい顔色をしていた。体調を崩していましたからね、車椅子を使わなければならない状態まで、一時期は落ちましたから、といった。S医師は八月六日、広島の被爆者である。軍医で、爆心地にいて助け出された。瀕死の状態にあるS医師に、救援にきた軍医たちが毎日、二〇〇ccの輸血をした。血がおかしい、直感的に知ったのでしょう、ここまでよく、生きてきたものです、とS医師はいった。

リハビリに専念しながら、これまでに僕がやらなかったことを、車椅子以後のリハビリでね、洗い出してみたのです、唯一やっていないのがスイミングでした、腰を痛めているから泳ぐことは出来ません、が、水の中を歩くことは可能です。妻にプールサイドまで運んでもらって、水のなかを歩く、ご婦人方がすいすい泳いでいるなかをです、五十メートルからはじめて百、二百と距離を伸ばしていく、現在明石まで歩きました、最終地点の目標は広島です。

体調を崩された原因は、六日にも関係がありますか、と私は聞いた。判りません、年齢もあるでしょう、しかし我我被爆者の場合は、具合が悪くなっても、原因は一般的なものか六日九日にあるのか、不明のまま。だが始発点が決められたのなら、そこから進むしかない。僕らの始発点は六日九日ですから、とS医師がいった。

被爆者特有の症状はありますか、と私はいった。抵抗力の低下と免疫の低下、風邪を引きやすいですね、そして、なかなか治らない。季節にも流行にも関係なく、よく風邪を引きます。

私も風邪ばかり引いています、原因は、と私は聞いた。特徴はあるが証明は出来ない、とS医師はいい、被爆者の免疫はいまだに回復していませんから、親からもらった、もっと先祖代代から受け継いできた免疫があれば、既成の病気には立ち向かえるものです人間は、とS医師がいった。

新聞社の対談の折りに先生は、必らずあなたは癌で死にます、とおっしゃいました、と過日の話を思い出して、いった。被爆者は放射性の塵を吸っていますのでね、肉眼ではみえないミクロの世界の出来ごとです、長い時間をかけて健全な細胞を破壊してきた、ただ人間の細胞は六十兆もある、何処に出るか判らない、とS医師はいった。これが、ミクロの世界で起きている、目にみえない事実だという。

いま現在、証明は困難でしょう、医学的に証明の仕様がない、癌という形で現われるマクロの世界の治療は医者の領分ですが、癌が発生する最初の仕組みがまだみつからない、みつからないが癌は確かに人工的に作られる、やっかいなのは長い時をかけて、同じ実験をマウスに繰り返す。だからといってAもBもCも、全部のマウスが発癌するのではない、被爆者にいえるのは、細胞に何らかの傷をつけ得る放射性物質を体内に組み込んでいる、ということです。それが放射線を出し続けている、半世紀の時をかけてです。「体内被曝」の重要性が、この本で明らかにされています、といって、S医師は水色のソフトカバーの本を、テーブルにおいた。

興味のある貴重な研究書です、題名になっている『内部の敵』は体内に入り込んだ放射性物質、即ち「体内被曝」を意味するものです、統計学的に書かれています。統計は原子炉周辺の生活者、その影響下にある地域の白人生活者に発生した乳癌が主ですが、被爆者が生きた半世紀を立証する統計でもある、といった。『内部の敵』はジェイ・M・グールド博士と、放射線・公衆衛生プロジェクト、その他三名の共著である。日本語の訳はS医師と、他に三名。S医師の自費出版である。

運ばれてきたレモンティのカップを端によけて、私は、手許に本を引き寄せた。そして、ページを開いた。扉に副題がある。——高くつく核原子炉周辺の生活——その下に——乳癌、エイズ、低体重児出産、および放射線起因性免疫異常の影響——研究の対象になった地域は、アメリカ合衆国である。

紹介文によると、著者のジェイ・M・グールド博士は大学で数学を専攻し「一九三〇年の遅い時期にコロンビア大学で卒論に取り組んでいる時、真実の教師、ワスリー・クレア・ミッチェル教授」に出逢った。ミッチェル教授に感化を受けて、経済統計学を学び直した人物である。目次には〝放射性降下物と郡の乳癌死亡率〟〝放射性降下物と免疫異常〟〝低体重児出生とベビーブーム世代の免疫不全〟などとある。

原子炉周辺とありますが一九四五年にアラモゴードで行われた原子爆弾の実験の結果が、どんな影響を人と動物に与えたか、この調査書をみる限り、一九四五年以降、ABCの報告を三種の神器として、爆心地からの近距離だけを問題にしてきたアメリカのなかでも、通用しなくなったでしょう、とS医師がいった。

『内部の敵』——一九四五年におけるアラモゴルドでのトリニティ原子爆弾の爆発——にこんな報告がある。アラモゴードのトリニティは、広島長崎の原子爆弾投下に先だって、七月十六日（『内部の敵』には七月十九日となっている）爆発実験を、行った地である。一部を抜粋すると「東北へと漂流していった放射性の雲は、ニューメキシコの州境で止まるはずなどなかった。核爆弾の爆発から生じる核分裂生成物への被曝を、人類が最初に経験したのは、一九四五年の秋、ニューヨーク（州）のロチェスターにあるイーストマン・コダック研究所でX線フイルムに欠陥が生じた時であった。次にイーストマン・コダック社用にインディアナ州で作られたボール紙の中に、放射性セシウムの存在が突き止められた。このボール紙は、ワバッシュ河とアイオワ河から摂取した水が使われていた。コダックの放射線専門家はついに事情をつきとめたのである。フイルム上に表れた小さな白い点は、七月にニューメキシコで起った原子爆発の足跡であった。」

私たち被爆者の体内には、フイルムに表われたような、〝小さな白い点〟が幾つ、付着しているのだろうか。

核爆発実験直後に起きたニューメキシコの幼児の死亡率は、「同時期の合衆国平均の四パーセント下降という数値に比べると、一九四四年から一九四五年に一一パーセントも上昇」している。さらに、

「ニューメキシコ州が乳癌死亡率のピークを記録したのは、この実験から三五年もたってのことだった。これは、トリニティ実験の爆発力が僅か一二キロトンでしかなかった事実に照らし合わせると、さらに重要性を帯びてくる。」

目読している私の目を追いながら、ここで重要なのは年月と、遠い地に降下した原子塵ですね、とS医師はいった。

――一九五〇～八九年のニューメキシコにおける白人女性の乳癌死亡率、女性一〇万人対死亡――の統計数字が〝サンディア、ロスアラモスから五〇マイル以内〟〝一九四五年のトリニティ実験に被曝した郡〟〝その他のニューメキシコの郡〟と三部に分けて、挙げてある。〝一九四五年のトリニティ実験に被曝した郡〟の図表の説明によると、「トリニティ爆発の影響は、表八―一を見れば一目瞭然のように見える。ここでは、ニューメキシ

コ州南東部の角にある一〇郡のうち九郡までが、一九五〇～五四年と一九八〇～八四年の期間の乳癌死亡率を、平均で七二パーセント増加させている。この同じ期間にロスアラモス、サンディア、そしてトリニティからの放射物による被害を免れた一一の郡では、死亡率平均一六パーセントも改善している。」とある。表八―一によると五〇マイル以内一一郡の合計平均死亡率（乳癌）三五パーセント。その他のニューメキシコの一一の郡は、マイナス一六パーセントである。

ページを繰っているうちに、一九八五年七月に岩波書店から発行された『ヒバクシャ・イン・USA』春名幹男著にも、実験直後の風下で起きた種牛などの脱毛の様子が書かれていたことを、私は思い出した。

ニューヨーク州のロチェスター近辺は、現在、核廃棄物の墓場といわれているが、『ヒバクシャ・イン・USA』では、「ニューヨーク州の北西部、ナイアガラ瀑布の北約一五キロにあるルイストン町の連邦エネルギー省の所有地に、マンハッタン計画の原爆開発の過程から排出された廃棄物が貯蔵ないし投棄され」という文面がある。さらに「一九四四年以後ここに、マンハッタン計画のウラン精錬の過程から出て来た核廃棄物が運び込まれたという。」と記してある。『内部の敵』を読みながら心にかかったのは、コダック研究所がある辺りは、核廃棄物の墓場であるという事実である。これらを考え併せると、コダック社があるロチェスターとナイアガラ瀑布は、オンタリオ湖の岸辺と目と鼻の距離にあるので、廃棄物の汚染は地下をくぐって、オンタリオ湖にも及ぶだろうし、同地区の大気汚染も考えられる。トリニティの核爆発実験だけに、汚染の原因は絞れないのではないだろうか。だが、コダック社のX線フイルムや、コダック社用に作られたボール紙は、インディアナ州のワバッシュ、アイオワ両河川の水が使われている。ニューメキシコ州とニューヨーク州の中程にあるのが、インディアナ州である。放射性物質は雲に乗って砂漠を越え、黒い雨となって地上に降ったのだろう。コダック社は、七月の核実験による放射性セシウムが欠陥フイルムの原因、としてつきとめていた。

三十五年後に表われた、時の経過への恐怖である。

『内部の敵』によって証明された核物質と人間、人体の関係は、半世紀前に「想像される」と科学者らしい慎重な言葉遣いで書かれた、永井隆博士の「原子爆弾救護報告」の内容にも、あてはまった。第一章の――放射線障害の大要――のなかに、潜伏期について「放射線は組織細胞に対して全く破壊的に作用し退行的変化を起す。これが症状として現われるのは一定の時間後であって、所謂潜伏期である。この度も当日は無傷であって後日この重篤な症状を現わしたものが多い。」と救護所で診た被爆者の症状が、報告されている。〝一定の時間〟を永井隆博士が、どの程度の時間、年月とみたのか。「原子爆弾に関心をもっていた余等ですら其の夜敵の撒布した『ビラ』に依って原子爆弾と知らされるまでは吾ながら申訳けないが、全くそれとは気づかなかったのである。」といっている。『内部の敵』で立証された、これほど長い年月は、あるいは、視野に入れてなかったのかもしれない。

コダック社の場合は物であるが、人間について『内部の敵』では、――一九四五年におけるアラモゴルドでのトリニティ原子爆弾の爆発――の章で、白人女性の乳癌死亡率に続いて、「まさに核時代の誕生から五〇年を経た現在のわれわれの目を覚まさせるものであり、核爆弾の製造と実験から生ずる低線量放射線がしばらく時間をおいてから及ぼす健康への影響を警告するものとして役割を果しているのである。」と体内に残留して低線量の放射線が放射を続ける危険性を、報告している。前者は想像として、被爆直後の報告であり、後者は、年月をかけた追跡調査の結果報告である。

静かにレモンティを飲むS医師に、もしこの体にガイガー計数管を当てると、反応しますか、と私は訊ねた。S医師は笑った。私も笑った。永井博士の報告書と、『内部の敵』で出された追跡調査結果までの五十余年を、二つの書の路線に従って、忠実に生きてきた可能性をもつ私自身が、無性におかしかった。

ガアガア鳴るほどの反応があれば大変です、目にみえる出来ごとではないのですから、と笑いながらS医師がいった。この年齢まで生きますと、笑い出したくなることのほうが多いです、と私はいった。気持は判ります、しかし、笑えない事実が、やっと判りかけてきた。あなたも僕も一応生きてこられた、人並みに、ということですが、被爆者のなかには実にひどい状況で、肉体的にひどい状況は経済的にもひどい、恵まれない、などというような生易しい言葉で表現できる状態ではないのです、とS医師がいった。S医師も私も、被爆したわりには健康、といえる。健康であれば、働いて食べていける。働く暇がないほど病気の連続、という被爆者はいるのである。

S医師は、十代で被爆した男の話をした。病気ばかりしていて、働けないから盗む。盗むと捕まって牢に入れられる。食べるためにまた盗む。娑婆と牢の往復である。ジャン・バルジャンのようですね、と私はいった。ジャン・バルジャンは地位を得たし、地位などどうでもいいですが健康な肉体があった、善か悪か、論じることさえ恥ずかしいですね、とS医師がいった。

免疫の低下のほかに特徴はあるのだろうか。S医師は、普通人の成人病は概して急変しません、被爆者の成人病はあるとき突然急変します、そして突然治るのです、説明の仕様がないです、といった。これも低線量放射線の影響なのか、と私は聞いた。S医師は首をふって、説明の仕様はないが現われた事実として在る、といった。癌は確かに存在するが、しょっぱなになる仕掛けは不明、しかし事実は在る、否定出来ない事実は在るのです、といった。低線量放射線が人体に与える影響は、そこに詳しく書いてあります、と本をさして、S医師がいった。私は、黄色いシオリが挿んであるページを開けた。

「……人類は地球を源とする自然の形の電離放射線と、無限の彼方からの宇宙線に曝されてきたので、我々の免疫機構は通常、生きている期間、癌に抵抗できる能力をつくりあげてきた。これは環境放射線によるという意味であって低線量放射線と混同してはならない。後者は、体内に摂取されるとどこかの組織に沈着する人工核分裂生成物からの内部放射線に持続して被曝することなのである。我々の免疫機構が低線量放射線の発癌影響に抵抗する能力を僅か五十年の間に発展させることは不可能だったと言えよう。（略）長時間の低線量放射線への被曝は、突然変異細胞への防衛に当っている免疫組織の細胞にとって極めて危険な『遊離基』をつくり、それが障害の大部分を引き起こす。」とあった。乏しい知識で手繰っていくと、低線量放射線の被曝によって、細胞膜が破壊され、遺伝情報をもつ核に接近、核内にある遺伝子に突然変異を起こす、ということなのか。

体に吸収された放射性物質は、多量の場合は臓器を破壊して再生不能にし、短期間で死に至らしめる。生き残った者たちが、その後を生きていく上で問題になるのが、体内に吸入された低線量の放射性物質なのである。これは医者の手を離れて、ミクロの世界、物理学の分野になる。ごく単純に考えるなら、低線量の放射線を発する分子は、酸素分子を活性酸素に変える。活性酸素は発癌の元凶で、「求電子体、電子を欲しがる物質」なのだそうである。「欲しがるものに電子を与える相手が電子供与体」で、私たちの生体のなかで、この遣り取りが行われるということらしい。全く目にみえない、ミクロの世界の出来ごとである。

『内部の敵』で証明された「体内被曝」の事実は、私を安堵させた。悲しむべき証明だが、所詮、被爆者として死んでいく身である。証拠を残して逝くのも、被爆者として生きてきた私の、意味ではないか。

これだけ統計的に結果が出ているのに、証明は出来ないのか、と私は聞いた。距離にかかわらない怖さが、被爆者だけの特例を作らないのです、とS医師がいった。風や雲や雨水によって二、三百キロも離れた地まで放射性物質は運ばれてゆき、その土地に住む人びとに影響を与える。爆心も遠方も、数字上の差として、表面に出てこないのである。

井伏鱒二という作家の鋭さはそこにあります、『黒い雨』の題名の本質はそこをさしている、未来を見抜いて書いている、偉大な作品です、S医師はいった。

八月が近くなるとうつ病になって、部屋に籠ってしまうカナのことを、私は話した。S医師は頷いて、心の分野は手付かずです、といった。

S医師と逢ってから、二時間余が過ぎている。ホテルの喫茶室からみえる皇居を包む森の梢は、薄赤く、夕陽に染まっている。陽が落ちるまでには、まだ間がある。空腹を感じて、私たちは、パンプキンケーキを注文した。

人参とかかぼちゃ、カロチンの多い野菜をなるべくお摂りなさい、とS医師がいった。

私は、去年の暮れに、脳腫瘍のために逝ったクラスメートの、A子の話をした。家族を八月九日に亡したA子は、敗戦後、親戚に引き取られて長崎を去った。A子は重傷で、入院生活が長かったようである。転校した女学校を卒業してから、結婚したようである。A子は、私たちの学校の同窓会には、出席しなかった。一部の友人との交流がはじまったのは、十年ばかり前からである。

私たちの、消息が知れたり交流がはじまったりするきっかけは、ほとんど発病である。A子の場合も、脳の手術をした、という噂から、所在が知れた。腫瘍の手術をしたA子は、被爆した友人と活発に逢うようになった。肚を据えたのだろう。逝くまでに、幾度か手術をしている。今回だけはね、と親しい友人が、声を落して話した。脳腫瘍で世を去る人は、被爆者に限らないが、逝く数ヵ月前にS医師のいう、病の基が始発点にあることが、認められた。認定患者である。実数として記録に残るのは、意義あることである。

その人は運がよかった、妙ないい方ですが核の問題は、人の本質の感性ですからね、認めるか認めないか、とS医師がいった。

男女の差はあるのだろうか。症状ですか、とS医師は確かめてから、精神的な差はあります、相談にくる患者をみていると、男と女では耐え方が違います、社会的な重圧は男が強い、逆に考えがちですが子供を残さない決意は、男のほうが多いです、女は母性本能が強いせいかな、多くの女性が産みました、ただね、産まない、と決めた女は、黙っていて産まない。産む性だからでしょう、といった。脳の問題とも出産にも関連するのですが、その本には低体重児の問題が取り上げてあります、とS医師がいった。――概観の要約――のなかに「低体重児」という、私には馴染のない言葉が書いてあった。

「核実験の放射性降下物に比べれば相対的には少ないが、民間と軍の原子炉からの放射が国内の一部地域に於ける現在の乳癌の発生率と死亡率の疫学的増加に主要な役割りを果していることがこうして示される。」として、スリーマイル島やチェルノブイリの原子力発電所の事故をあげて、

「一九八〇年いらい、スリーマイル島やチェルノブイリのような民間原子炉からの大規模な放射能漏洩事故は、一九四五年以後に生まれた女性の免疫組織障害を促進させてきた。彼女たちの免疫反応は、核実験から降下物がふった時期に母体の胎内で障害を受けていた。」と現在中年に達している女性たちが、乳癌にかかり易いことを指摘している。この

期間「一九四五年から一九六五年までに五・五ポンド未満の（一ポンドは四五三・五九グラム）低体重児が四〇パーセントも異常に増え（略）一九四五年生まれの子が一八歳に達した一九六三年には、一八年前の核爆弾実験の最盛期に完全に符合するように、同じように異常な大学進学適性試験（ＳＡＴ）成績の二〇年にわたる下降線がはじまった。」原因として「母親の子宮内にある胎児の甲状腺（幼児の早い時期に脳の発育を管理する鍵になる腺）への核実験の障害の反映であることを我々は明らかにするだろう。」と、ここでは結んである。『内部の敵』にあげられている症例は、今日、明らかになった事例ばかりではない。甲状腺癌、乳癌、悪性リンパ腫、肺癌などの多発は、実証されている。昭和五十九年、一九八四年に発行された『長崎原爆戦災誌』の学術編には、爆心から二キロ以内で被爆した〝母親から生まれた新生児や乳児〟の死亡率の高さを数字であげてある。生命力の弱さ、である。

「低体重児」の問題と重なるが「胎内被爆児の頭囲や身長、体重が一般の人に比べて小さい」ことが記されている。明らかなのは、母体が直接被爆していることと、そのとき胎児であったことである。異っているのは、『内部の敵』が半世紀後に証明した、持続された時の末に現われた現象と、危険性である。

胎内被爆児の小頭症も五・五ポンド（約二四九〇グラム）未満で出生した赤ん坊たちに

重なる。小頭症の赤ん坊は、頭が小さいという外形の問題だけではない。「知能の発育も遅い」ことが判明している。

被爆者自身の、私本人の肉体に証明される核物質汚染症例には、逆行する時代に抗する思いもあって、小さな凱歌を内心であげてきた。がしかし、『内部の敵』が実証する、戦争には関係のない人びとへの核汚染には、心が重いのである。

戦後十年経ったころ、広島の医師も被爆二世の調査をした。残念ながら統計として残っていません、とS医師がいった。現実には、母体の被爆が影響している、と考えられる被爆二世の死もあるという。これも症例としては出てこない。重い畸型の場合には流産、もしくは早い時期に死亡するからである。

医学的な症例はとにかく、二世、三世の精神的な苦悩は、電話相談として現われています、とS医師がいった。結婚に反対されている、という悩みである。非常に多いです、現在でもです、とS医師はいった。二十世紀は、人為的に作り出した核エネルギーで殺人を行った世紀です、これは種族としての、人の命のつながりを断つことです、人体に与える影響を知りながら、それを行動として行った科学者や為政者たちを、僕は許せませんね、とS医師がいった。

人類が永遠なんてあり得ない、いずれ滅びる種であるから、と核の危機を話すと笑って反応する人がいる。この寛容さは何なのだろうか――。核の競争と戦争は止められるのだろうか、と私はS医師に聞いた。いまの人知では抑制は無理でしょうね、とS医師がいった。今世紀の末まで、もたない気がします、地球は、と私はいった。ノストラダムスの予告は知らないが、各地で繰り拡げられている局部戦争は段階的に拡大して、核兵器を使用するほどの戦争に発展するのではないか。核兵器出現以降の戦争は形を変えて、局部的な戦いになる、という。現在の戦いの様子は、その通りになっているが、核の抑止力など、誰かがバランスを崩す。

いや、五百年はもつでしょう、とS医師が笑顔でいった。でも人類は核という第二の禁断の実を食べてしまった、味を知った人間が手離すでしょうか、と私は聞いた。

指導者たちは手離さないでしょう、アダムとイヴが食べた禁断の実には毒がなかった、だから人類は原罪は負ったが生きてきた、核には人類を滅亡させる毒がある、助かる道がみつからないまま権力者たちは核の道をつっ走ってきた、しかし僕は希望を捨てません、希望は一般の人たちです、庶民が生きのびる知恵と力を得るでしょうね、生物は本能的に、滅びまいとする努力をするものです、といった。

その人たちの力は、世界のどの辺りから起こるのでしょう、と私は聞いた。予想屋ですね、とS医師は笑った。僕は、アジアの人たちに希望をもっているのですが、と真面目な目をして、S医師がいった。

人は、宗教を産み出してきた原始に還ることです、あの謙虚な魂で考えれば、科学も併せてですね、滅亡は救えるでしょう、宗教の真髄は、死をどう考えるか、裏返せば生をどう考えるかでしょう、といった。


三十二ヵ所の札所を巡りながら、答えは何一つ出ていなかった。早急に答えは出るものではないが、歩きはじめたときと同じ場所に立って、カナを思い、いつか迎える二つの死と向きあっていた。熱のある、残暑の太陽に目まいがして、トンネル口でしゃがみ込んだとき、このまま死んでもいい、と私は思った。くらくらと火照る意識のなかで、生きるために余分なものを、捨てようとしていたようでもあった。肉体の活力が失われれば、精神のややこしい反芻は零になる。残るのは、生きるか死ぬか。裸の体一つである。肉体より数等軟弱に出来ている精神に、私は祝杯をあげた。あのとき欲望と虚栄は、きれいに消えていた。松山町の丘でも、得たものが体一つであるのを、私は知らされた。

私は、残された最後の寺へ、いつものようにあんぱんと熱い麦茶をもって、出かけていった。三十二個のご朱印をもらったカナの手拭いは、朱肉と黒いスタンプで、白地の生地がみえなくなっている。最後の一寺は、手拭いの裏にご朱印をいただいた。それを丁寧に畳んでナップザックに納めると、寺に近い海岸の岩場に、私は出た。人里を背にして、砂浜で一番高い岩の上に腰をおろした。

金冠で縁どられた入道雲が、海の彼方に湧いている。子供のころに雷を恐れて見上げた、積乱雲と同じだ。青い空の色も、波頭のきらめきも茂る木の緑も、自然は子供のころと変わっていない。

浜には沢山の親子連れが遊んでいた。寄せてくる波に子供たちは脛まで濡れながら、叫んでいる。私が子供のころ幸せだったように、浜辺で遊ぶ子供たちも、親たちに見守られて、幸せなのだ。

どの子の目も風と波を追って、絶え間なく動いていた。

（「群像」一九九九年一〇月号）

トリニティからトリニティへ

年賀葉書の当選番号を調べていた家の小さい者が、切手シートが三枚当ってるよ、といって、私宛の賀状をくれた。一枚はルイからの賀状である。読み返すと、この春病院を停年退職します、人生の午後のお紅茶を楽しみましょう、とある。はじめてお年を知りました、ブラボー、と私はいった。元日の朝も同じ独り言を、私は葉書に向かっていっていた。

ルイとの付き合いは三十年近いが、彼女が幾つになるのか私は知らない。何年、と生年月日を訊ねても、大人ニナッタラ、オ姉サマノヨウニナリタイ、と笑って逃げるのである。

ほかの一枚は、鎌倉のブティックから〝祝ミレニアム〟の挨拶状で、一枚はS医師の賀状だった。S医師は軍医のころに広島で被爆した、被爆者である。

印刷された賀状には、

〈今生に生を得て八十有三年。激動の大正、昭和を生きて、汝、何をなせしやと問わるれば、病む者の身に立って医師たらんと心を砕き、力、尽くし来れりと聊かの自負なきに非ず。被爆者なれば核兵器なくせと内外に訴え歩きたり。劫火の中に恨みを呑みし者への務めと励み来りしが、昨今、足腰、弱りて八十路の坂の厳しきを思い知らされおり候。されど、核兵器もつ超大国。わがもの顔に振舞いてはびこり居れば、命ある限り被爆の実相、若き世代に語り継がざるべからず。手を引き、腰を支えてお導き下さるよう御願い申し上げ、新年のご挨拶と致すべく候。

西暦二千年　元旦〉

ルイの賀状で和んでいた私の気持は、現実に返った。胸突き八丁の、この世の坂を登る者の荒い息遣いを感じるが、私も古稀を目の前にしている。八月六日九日に被爆した者の実感で、被爆者は、いまは足も腰もなよなよと死に逝きつつある。まだ人生の半ばに在ったころ私は、今日、最後の被爆者が死にました、とニュースになるまで生きている、といったことがある。しかしこの願いは予想外に厳しいことである。

去年の春あたりから、迎える二〇〇〇年の、コンピューター誤作動を心配する時勢に煽られて、水とラーメンを買い溜めて、やっと二十一世紀まで生きのびられる、と感慨にふけったのである。

迎える二〇〇〇年、すなわち二十一世紀。なれば硝煙にまみれた裳裾を引いて去りつつある二十世紀のうちに、私の八月九日も整理しておこう。すでに整理済みのものや、やり残していることを書き出して、大忙しの予定を組んだのである。

だが、私は、勘違いをしていたのである。二〇〇〇年はまだ二十世紀だよ、と小さい者に教えられて、あれ、と立ち止まってはみたが、頭に打ち込んだ記憶は、消しようがない。ままよ勘違いのまま、と予定を進めた。

心にかかることの第一は、遍路だった。これは、カナの還暦祝いの日に、いつか二人で遍路に出よう、と約束したからである。しかし遍路の旅に出たのは正確には、一九九八年の夏。

私たちは女学校時代の同学年で、学徒動員中に二人とも、爆心地から一・四キロメートル離れた三菱兵器製作所で被爆している。長崎攻撃の第一目標は、三菱造船所で、私たちが動員されていた兵器製作所は、第二目標になっていた。その日長崎の空は厚い雲におおわれて、ボックス・カー号から造船所は視認できなかったという。僅かに切れた雲の間から、兵器製作所が姿を現わし、原子爆弾が落とされたのである。職場は違うが、カナは倒れかかった鉄材で頭を割る重傷を負った。救急袋からアルコールの瓶を出して、傷口にふりかけると、血は倍の量になって目や口に流れ込む。カナは〝傷口を押えながら逃げたさ〟と話してくれた。

それ以来カナは、八月九日が近くなると南の島の、島椿に包まれた屋敷に雨戸をたて、籠るのである。毎年繰り返されることなので、カナの心が平常に還る秋の日を、私たちは待った。それがその年の正月、突然消息を絶った。誰にも行方を告げずに、何処かへいってしまったのである。

病んでいる、と噂は伝わってきたが、手掛りはつかめなかった。約束を果すために、私は遍路に出ることにした。本来なら、四国八十八ヵ所の札所巡りだろう。S医師の年齢になるまでには年月があるが、嶮しい山道が多い四国路である。歩き通せる自信が私にはなかった。そこで三十三ヵ所に端折って、自宅がある半島の、観音さま巡りに出た。「江戸小歌」のお披露目の日にカナがくれた、日本手拭いをリュックサックに入れて、海岸線に沿って建った札所のご朱印を、頂いて歩いた。

三十三ヵ所のご朱印は手拭いを赤く染めて、いまも私の家の、仏壇にある。夏を越すと、朱肉の脂が白地の糸目ににじんできて、湿った臭いを立てはじめている。かびが出ないうちに渡さなければ、と思いながら、カナの行方は知れないのである。

だが、カナを探すのを私はやめた。今年届いた友の年賀には、〝古稀を迎え、年のはじめのご挨拶もこれを限りに〟とこの世での縁を絶ってくるものが、多かった。後はあの世で、ということだろう。

そのほかにも、やり残していて片付けなければならないことがあった。トリニティにいくことである。トリニティとはマンハッタン計画のなかで「トリニティ・サイト」とコード名で呼ばれている場所で、地球上ではじめて、アメリカ合衆国が原子爆弾の、爆発実験を行った地である。そのころ世界には、アメリカが保有する三個の原子爆弾しかなかった。一個は、広島に落とされたウラニウム爆弾である。あとの二個がプルトニウム爆弾で、一個が、爆発実験に使われ、残った一個が長崎に投下された。

トリニティにいってくる、とルイに話すと、あなた原爆マニア？　とすらりと訊かれた。そうかな、と私は苦笑して答えた。しかし私は、いまでも八月九日と縁を切りたい、と思っている。ある朝目が覚めると、眠っているうちに歯ぐきからにじんだ血が、唾液をピンクに染めている。そのたびに、私は思うのである。

一九八五年、私は息子桂のアメリカ赴任について、はじめてアメリカへ渡った。滞在年月は、三年間である。一足早くアメリカで生活をはじめていた桂に迎えられて、私はポトマック河に沿ったハイウェイを、車で走っていた。ドッグウッドの花が咲き終わって、ヴァージニアの若葉が光を染める、六月である。レガッタの練習だろうか。褐色のポトマックの流れを、細身のボートが下っていく。頭上は楓の高木におおわれて、銀の翼をもった種子がキラキラ震えながら、川面に降っていく。

空にも、車が走る道の前方にも、銀の翼は乱舞していた。

そのときだった。この道を手繰っていけばその先に原子爆弾の爆発実験場がある。私の内にその思いが、不意に浮かんだのである。日本を出発するときN高女時代のI先生に、アメリカは原子爆弾を落した国である、あなたは被爆者であることを忘れたのか、と叱責の手紙をもらった。I先生は九日以後、被爆死した生徒の遺体を、幾人も校庭で焼いている。両親も被爆死して、遺体の引き取り人がいない生徒たちである。また、校門で迎える先生の腕にたおれ込んだ生徒もいる。生徒たちの悲しみはその日のまま、I先生の腕のなかにあるのである。私も、生涯九日を忘れることはない。しかし恨み続ければ、仇討ちがしたくなる。

アメリカ人の生活をみてきます、と私はI先生に答えて、それ以外のことを考えるのはよそう、と自分にいいきかせた。どこまでものびていく白い道を走っているうちに、実験場に続く同じ大地にいる実感が鮮烈に胸をついて、行かなければ、とためらいなく決めたのである。

滞在日数が残り少なくなったある日、私は桂に、トリニティに連れていって欲しい、といった。桂は、は？　と首をかしげて、なにそれ、といった。桂は、被爆二世という位置付けで生きている。だが私と桂の間で、被爆と原爆症について詳しい話はしていない。桂が大学生だったころ、刑期のない死刑囚なんて厭だね、といったことがあった。広島生まれの被爆二世の兄弟が、相次いで白血病で死んでいったニュースを、聞いたときだった。私は桂に負い目を感じ、桂は、九日から離れた場所に、身をおこうとしていた。

希望は果せないで、私は帰国した。あきらめたのではない。トリニティは、私の八月九日の出発点である。被爆者としての、終着の地でもある。トリニティからトリニティへ――。

ひと巡りすれば、その間にはさまっている八月九日を、私の人生の円環に組み込める。縁が切れないのなら、呑み込んで終わらせよう。私は、トリニティいきを実行に移した。一九九九年、秋である。

現地の案内は、テキサス州に住む月子に頼んだ。カナの代理ね、と気軽に引き受けてくれたのである。二人は幼なじみで、カナより二つ年上。戦争中、月子は島原に疎開していたので、被爆はしていない。昭和三十年ごろに、テキサスの大学に留学して、復員軍人で同級生のカウボーイと結婚した。そして男の子ばかり四人産んだ。カナの紹介で私たちは知りあったのだが、逢うのは、三十数年ぶりになる。

トリニティにいくには、成田からテキサスのヒューストンへ直行する便が、便利である。ヒューストンで乗り継いで、ニューメキシコ州アルバカーキに向かう。アルバカーキを移動の足場にする。月子と私は、ヒューストンの空港で待ちあわせることにした。私はコンチネンタル機の尻尾に乗って、ヒューストンへ飛んだ。目じるしは、と訊ねると、ジャパニーズのおばさんよ、といった。私たちは迷うことなく抱きあい、アルバカーキへ向かった。食品会社の地域マネージャをしている月子は、娘時代より二倍腰廻りが太くなって、一粒ダイヤモンドの指輪をさしていた。

「トリニティ・サイト」があるニューメキシコは、アメリカの女流画家、ジョージア・オキーフが息を引き取った地でもある。ニューメキシコの山と荒野を愛したオキーフは、避寒地として有名なサンタフェに住み、九十九歳で世を去った。九十九歳といえば一世紀である。一世紀の年月を画家として、女としていつも現役で、現場で生きた。遺志によって骨は、ニューメキシコの台地にまかれた。その大地を車で走るのである。目的はトリニティにあるが、オキーフの生と死が合体した大地を見知る、ひそかな楽しみがあった。アルバカーキに着いた翌日の九月三十日、月子の運転で、赤土のニューメキシコをサンタフェに向かった。トリニティよりサンタフェに興味をもつ夫への土産話に、といって、月子が計画に加えたのである。

ホテルを出て五十分ばかり走ると、一般道路の先に、空軍基地の標識が目に入った。基地内に、ナショナル・アトミック・ミュージアムがあるという。みておいたほうがいいよ、月子がいって、前の車に続いて、道の先にあるゲイトを通り抜けようとした。ガラス張りの警備室から、軍服姿の黒人兵が手をふって、停止を命じた。個人の車で基地に入るためには、身分証明か許可証がいるという。ミュージアムへの一般見学者は、ゲイトの横にある駐車場に車をおいて、基地専用のバスに乗り換えるのである。月子と私は、赤毛の男が運転する小型バスに乗り移った。陽気な運転手で、口笛を吹きながらバスを走らせている。ときどき一般道路が基地内を貫通していたりして、軍民ごちゃまぜのなかを二十分ばかり走って、ミュージアムに着いた。想像していたより質素な建物だった。姓名と国籍を記録して、私たちは内に入った。

入口に近い部屋に、壮年の男たちが椅子に坐っていた。照明を消して、スライドを映写していらしい。私はのぞいてみた。部屋の入口にいた女性が首をふって、廊下の奥をさす。会議中なので入らないでくれ、という。係官がさした廊下続きの、仕切りのない広い部屋に、私は歩いていった。すぐのコーナーは、キノコ雲を印刷したTシャツなどを売る、土産物の売り場になっていた。土産物の間を歩いていると、バスケットに入ったブローチが、目についた。星条旗や、双頭の鷲などのブローチに混ざって、長崎に落とされた原子爆弾、ファットマンがある。ファットマン、でぶっちょは蘭鋳の体形をして、黄色い体に金の縁取りがしてある。腹びれに当る部分は黒く塗られて、金文字でFATMANと刻んである。本物のFATMANは、直径一・五二メートル、長さ三・二五メートル、重さ四・五トンの巨大な爆弾である。ブローチは実物の百分の一の縮尺で、デザインされているらしい。

長さ三センチほどのブローチは、小粒なりに〝でぶっちょ〟の重量感を備えていた。なかの一つを手にとって、私は暫く眺めた。記念品として買いたかった。しかしブローチの親は、長崎を攻撃した原子爆弾なのである。

迷っていると、白いセーターとイエローはあうよ、と銀髪の婦人に釣り銭を渡していた白人の青年が、私にいった。ありがとう、と礼をいって、私はふり返って売り場を見廻した。

ミュージアムに入ったときから、誰かに見張られているような気がしていたのである。

売り場は、木の棚やパネルを使って仕切られていて、絵葉書やUNITED STATES AIR FORCEのワッペンなどが、こまごまと並べてある。商品の間を白人観光客が歩いているが、私をみている者はいない。青年にブローチの代金を払うと、私は次の売り場へ移った。売り場の真ん中に、切れ切れにちぎれた星条旗が、ガラスケースに入れて展示してあり、基地と空軍の歴史と、三軍一体になった〝ATOMIC BOMB〟の歴史が、パネル写真で示してあった。その出発点の壁に、原子爆弾の生みの親になる、オッペンハイマー博士の写真が飾ってあった。博士は、核の研究所であるロス・アラモス国立研究所の、初代の所長である。

一九五三年に博士は「原子力機密安全保守」のために、公職を追放されている。追放の理由は「水爆製造妨害者」ということと、〝あまりにも沢山知りすぎた〟ためだとされている。ビキニ環礁で行われた水爆実験は、博士が追放された翌年、一九五四年である。日本人流に考えれば、博士は国賊である。

展示されている写真は、栄光の座にある日の博士のようで、自信に満ちた怜悧な目差しをしていた。英雄と国賊、明暗を生きた博士の心中を考えながら歩いていると、大きなパネルに〝Countdown to Nagasaki〟と書いた文字が目についた。

小学校の黒板ほどある白いパネルの、左三分の一の面に、日本列島と、太平洋に浮かぶ南の島の写真が写されて、右の広い面には細かな文字で、説明がしてある。拾い読みしていると、文字の下地に、ぼんやりと風景が写っている。セピア色の風景は焼け跡だった。パネルの右下から上へ、誰も歩いていない曲った白い道が、上っている。

日本列島と南の島の地図には、鋭角な三角形が、赤い線で引かれていた。私は結ばれた三点を、目で追った。一つは九州の長崎である。鋭く尖って南下する三角形の角には、マリアナ諸島のテニアン島があった。あとの一点は、沖縄だろうか。赤い線は、原子爆弾を積んで一九四五年八月九日、午前三時四十九分（日本時間午前二時四十九分）テニアン島を飛び立ったボックス・カー号が、長崎を攻撃し、沖縄へ帰還した道筋だった。

私の時間は、パネルの前で止まった。

〝カウントダウン・ツウ・ナガサキ〟。死への時が刻みはじめられていたとき、カナや私は、大橋の兵器製作所で何をしていたのだろうか。

私はいつものようにノミに刺されながら、紙屑籠の前に立って、工場中から集められた紙屑を選り分け、カナはもっとも重労働とされていた構鈑工場で、鉄材と苦闘していたのである。そして、まさに機体から爆弾が離れた瞬間、私は再生する紙屑さえなかった職場で、微かな爆音を聞いたという工長の言葉で、空に向かって耳を澄していたのである。

私は目を閉じて、写真に向かって頭をさげた。説明文の下に写っている焼け跡は、対岸の稲佐山をはさんだ、長崎市内である。「外見上ノ効果ハ広島ト同ジ」とボックス・カー号のスイニー機長が長崎攻撃の第一報を打った、また「ヒトツノ都市ノ大部分ガ急ニ破滅スル光景ハ、現ニ目撃シテイテモニワカニハ信ジラレナイ」ガレキの都市の写真である。写真に写っているのは物の表面で、印画紙に焼き付いた風景の下には、即死したT先生や、クラスメートのAやOたちがいるのである。去りがたい気持でいると、目の端で人が動いた。ワイシャツのボタンの糸が切れそうなほど腹が膨んだ男が、椅子から立ったところだった。尖った鼻の先が赤い、老紳士である。

老人は私をみると、職員たちが休憩をとる小さな部屋に入って、ドアを閉めた。視線は老人のものだった。私は、老人が坐っていた椅子のほうをみた。数脚並べてある椅子の前に、一台のテレビがある。テレビの前に三人の白人男性が坐っており、白黒の記録映画をみている。画面から説明が流れているが、老人は重ねて、解説をしていたらしい。話を止めて立った老人に、不自然さを感じたのだろう。男たちがふり向いた。私が日本人であるのを察したのか、彼らは素知らぬ表情で、画面に目を移した。私は男たちの後から、テレビの画面をみた。広島と長崎に落された、原子爆弾の記録映画である。

キノコ雲が上がる六日と九日の記録映画は、何回か私はみている。しかしこれは本場の、ユナイテッド・ステイツの心臓部で映写されている記録映画である。私がみたフィルムは、海外向けに編集されたものかもしれない。善くも悪くも、この国の本心が知りたい。画面は、巨大な「JUMBO」が「トリニティ・サイト」の鉄塔の下に運ばれる、最終作業を映していた。JUMBO は、プルトニウム爆弾の爆発実験に備えた、カプセルである。科学者たちは、原子爆弾の爆発実験に自信がもてなかったようである。失敗に終わったとき、どう対処するか。

プルトニウムは地球上でもっとも強い毒性をもつ、超ウラン元素といわれる。実験の失敗で、アメリカ全土にプルトニウムが飛び散ると、大変なことである。防禦のカプセルとして考えられたのが、JUMBO だった。とにかく巨大なカプセルで、トリニティへ運ぶために六十四個の車輪をつけた、特別製のトレーラを使ったという。

画面は広島上空に昇る、キノコ雲に変わった。三人の男たちの背筋が、緊張したようだった。私は、おお、と男たちの耳に届く程度の声をあげた。男たちと同じように、物珍しい驚きの感情でみている風を、私は装いたかった。なぜ彼らの意を汲まなければならないのか。私にも理解できない心の動きだった。その反面、被爆者がこの場にいることを、私は彼らに知らせたかった。

広島の地上に広がっていた閃光は、広げた光をみるみる束ねて、一本の、太い柱に姿を変えた。次に、無人になった広島の街が映し出された。男の一人が、窺う目で私をみた。

そうです、これ以上でした、と私は心のなかでいった。

私はすっかり被爆者になっていた。ミュージアムに入るまで私は、日本人意識も被爆者の意識もなかった。むしろ気がかりだったのは、アメリカの生活が長い、月子に対する私の立場だった。しかし老人が席を立ったときから、私は、日本人であり被爆者である自分を意識し、アメリカ人の挙動が気になりはじめていた。見学者が、月子と私を除いて、みな白人という状況も、相対する感情をもたせたようだった。

見学者には黒人もメキシコ系の人もいない。ここだけではない。ロス・アラモスでも「トリニティ・サイト」でも、見学者は白人ばかりだった。短時間のことだから断定はしない。だが、白人ばかりの風景は、国の中枢の場であるだけに異常に思えた。

老人がみせた視線は、核兵器廃絶は人間の良識、と鵜呑みに信じていた私の神話を崩した。老人の説明を聞きながら男たちも、強い母国に酔っていただろう。私より年上に思える老人は、一九四〇年代を戦ってきた男なのである。アトミック・ミュージアムに展示してある過去は、老人たちの世代が勝ち取った栄光なのである。私は彼らから離れたコーナーに移った。ガラスケースに、日本語のビラと、礼服を着た天皇の写真が展示してあった。噂に聞いていた六日九日の攻撃を暗示したビラで、読む気になれずに、私は通りすぎた。

もしビラを拾って山深く逃げていたなら、瞬間、思いがよぎった。しかし、生きてしまった人生である。絶好の機を知らされても、後の祭りである。

先を歩いていた月子が戻ってきて、あっちのコーナーにファットマンとリッツルボーイが飾ってあるわ、といった。二つの爆弾は壁につけて、コーナーの正面に据えてあった。広島に落とされたリッツルボーイは細身で、ウルトラマリーンの色に塗ってある。ファットマンはブローチと同じ色、黄身を牛乳で溶いた、白が勝った黄色である。これがカナや私の頭上に落とされた。私は、魚の形をしたファットマンの腹に手を当てた。つるっとした塗料の膜の下から、鋼鉄の肌のざらつきが伝わってくる。鉄は溶けてしまったのかしら、と私は月子に話しかけた。わからん、と月子はぶっきら棒に答えると、わたしは外で待っている、ゆっくりみてきて、といって部屋を出ていった。

部屋の中央までさがって、並んだ原子爆弾を私は眺めた。二つの鉄の塊りは、柩のように鎮まっていた。

『世界探検歴史地図』を読むと、ニューメキシコ州は一五九八年、十六世紀の末に、スペイン人が植民をはじめた土地だと書いてある。太平洋から吹いてくる潮風を一手に受けて、モンタナ、ワイオミング、ユタ、コロラド、の各州を北から南へ走り下るロッキー山脈の、終着の地である。合衆国に併合されたのはアメリカ・メキシコ戦が終結した後だそうである。州として成立したのは、アメリカ本土のなかでも新しく、一九一二年。オキーフより年下である。街を歩いて気が付くのはメキシコ系、スペイン系、インディオ系の人が多いことで、白人の人口が増えるのは、アルバカーキで一年に一回開催される、バルーン・フェスタのころという。

征服の歴史で興味深いのは、サンタフェである。人が目をつける土地は、人類未踏のときから、惹き付ける魅力があるらしい。一五二八年から一六〇五年にかけて、南方から攻めるスペイン探検隊のアメリカ探検は、活発になる。引用すると「一六世紀初め、つまり最も早い時期に行われたスペインによる探検は、体系的な入植の試みというよりは、むしろ何かを求めて奥へ奥へと踏み込んでいく行為、しばしば英雄的な、ほとんど例外なく苦難にみちた旅であった。次々に現れる地理上の神話が、探検熱をかきたてた、東洋への西航路、シボラの七都市、黄金郷キビラ。（略）キビラは、財宝を追い求めたコロナードの探検隊が、一五四〇年に一人のインディアンから聞き出した話であった。」

スペインのコロナード探検隊が向かった、キビラへの通過点が、サンタフェになっている。キビラは結局、幻の街で終わるのだが、現在の地図とあわせてみると、幻のキビラはカンザス州の中央部の辺り。ミズーリ河の上流が、トピカの西で幾筋にも枝岐れした、その先の辺りのようである。

原住民の噂話に誘われて、財宝や黄金の街を目ざして、幾組みもの探検隊がサンタフェを通過して、西へ東へと道をつけていく。ある隊はサンタフェからカリフォルニア湾へ、セントルイスへと。

十八世紀に入ると「エスカランテとドミンゲスの二修道士も、やはりニュー・メキシコとカリフォルニアの連絡路捜しの情熱にかられて探検の旅に出る。」しかし「ユタの砂漠のメサ（周囲が崖で上が平らな岩石丘）で途方に暮れ、コロラド峡谷の断崖絶壁で立ち往生」する。二人の修道士が歩いたルートは、サンタフェを起点に出発して、ロッキー山脈の山裾をなめてユタに入り、コロラド高原を巡って、サンタフェに戻っている。古地図に引かれた踏破の跡は、キノコ形にひと巡り、という具合である。探検家たちの目的は人の欲の数ほどあって、白人には幻の街で終わる場合も、インディオにとっては決して幻ではない。黄金の街も金銀がある街、という意味ではなく、赤い土壁の立派な家が赤土の大地に並ぶ景色をみて、彼らが希望する黄金の街、となるのである。

インディオたちは、彼らの土地を荒す探検家たちに対して、当然好意的ではなかった。部族間の争いも激しい。それらの目をそらすために、先頭に宣教師や修道士を立てて、荒野を進むのである。白昼のチンドン屋さんが私の頭に浮かんだ。少し滑稽で、淋しい、茫々と吹きすさぶ風を思わせる荒野の風景である。

探検は、ほとんどが不首尾で終わっている。部族の争いに巻き込まれたり、内部分裂して血の探検で終わるのである。

「いかなる白人文化も栄えることの出来ない荒野」と見捨てられた大地は、皮肉なことに侵略者たちの血の争いと、欲望によって拓けていくのである。

その開拓の道を、月子と私が乗ったレンタカーは、サンタフェへ向かった。暑さと太陽の光を防ぐために家々は、大地と同じ赤土で壁を厚く塗り固めてある。これこそがインディオたちが噂し、希んだ黄金の街なのだ。

黄金の街を抜けると風景は探検隊を苦しめた、メサが点在する荒野に変わった。

観光が目的ならルート六十六の一部、フリーウェイ四十号線に出て、トルコ石街道の絶景を楽しみながらサンタフェに入る道もある、と案内書をみながら、月子がいった。

街道の頭にトルコ石をかぶせるほどだから、山や岩肌に、秋空のようなトルコ石の断層が走っているのだろう。想像するだけで血が騒ぐが、車窓に広がる荒野の魅力は、捨てがたかった。トゲを生やした、かめの子だわし状の荒い褐色の草原と、研ぎ上げた青竜刀で横一文字に山の首をはねたような、広大な台地のメサ。電信柱やテレビアンテナやビルディングがない空間の、安らぎ。

道は大円形に展開する荒野を分け、地球の飛び石のようにおかれたメサが、三つ四つと並んで、ゆっくり去っていく。道のすぐ横に、とき折り丈の低い台地の群が現われる。二階屋ほどの台地でも崖に深い刻みを彫って、すでにメサの風貌をもっていた。

地平線に凸凹をつけたメサの崖に、土煙りが舞っている。風が駆け抜けているのだ。

一日前に私が機上から見下した単調な平原は、予想外の表情を隠していた。

成田を発って、飛行機がアメリカ大陸の西海岸からヒューストンに機首を向けたとき、地上から撥ね返ってくる硬い手応えを、私は感じた。窓からのぞくと、飛んでいく白雲の間から、鉄鋼色に濡れた山脈がみえる。進路を示すテレビの画面に、ロッキー山脈と出ている。まだらに雪を残したロッキーは、大木の根のように、がっちり大地を摑んでいた。

機体が揺れはじめ、治まると、目の下の景色は草原に変わった。町も村も、ガソリンスタンドもみえない小麦色の草原が、ニューメキシコ州だった。草のなかに水が光り、草原より濃い茶色の河が、ロープを投げたくねった姿で、流れている。曲線を描く流れの外側に、泡のような白い溜りがみえる。私は隣りの座席に坐っている若い女性に、ソルトレイクでしょうか、と聞いた。ヒューストンの日本人商社に駐在している、夫の許に戻るという女性は、ソルトレイクはもっと広いと思います、と身を乗り出してのぞいてから、いった。白い溜りは、流れに沿って二つ三つある。ソルトレイクがあるユタ州は、ニューメキシコと向う三軒の、隣り同士。塩をふいた湖が在っても、不思議ではない。

河が流れ、水が草の根本で光り、ときどき土煙をあげる景色は、べた一面の平原にみえた。地上に降りて車で走ってみると、平面だった世界は予想以上に起伏をつけていた。なかでも、はじめて目にするメサの出現は、私の常識をひっくり返した。メサの形が不思議なのである。赤土の塊りにみえるメサは——おそらく人工的な建造物には、メサ以上に巨大なものは無いだろう——、堂々と巨大で高く、頂が真っ平なのである。その上、山裾などという、けちな広がりは無い。

地殻の変動で隆起したのがロッキーやヒマラヤなどの山なら、升を伏せた形のメサは、どんな道順を辿って地上に誕生したのか。

普段私は日本列島の、海抜五、六メートルの平地で暮している。足場より高い自然はすべて山となり、地球の隆起物である。メサは、『世界探検歴史地図』の説明を読むと「浸蝕に取り残された台地」なのである。風の道が土を払い、雨と光は地表を削って、何億年もかけて地球から丸彫にして取り出したのが、メサなのである。

私は座席に体を沈めて、オキーフの世界に見入った。車窓の光景はオキーフの絵のなかに、すべてであった。

オキーフが描くニューメキシコの自然に、私は孤独と、女の肉体を感じるのである。直接人の形を描いた絵は、私の知る範囲では片手に満たないが、オキーフが好んで描く花、山などの自然のなかに、少女や熟した女の肉体がみえてくるのである。それが、彼女が求めた究極の生命なのかもしれない。

少女の乳房のように滑らかに連なる桃色の砂山。女の性器を連想させる渓谷。茜色に染まった砂地と空は、繁殖を了えた初老の女だろうか。

自然は肉体を写し、肉体は自然と混りあって、山や花の蜜に姿を変えて命を得る。めぐりめぐるそのなかに、オキーフは自らの骨をまかせた。再生だろうか。

画家への思いを追っていると、インディオの居留地が現われた。二、三十戸の平屋の集落である。気ままに並んだ家と家の間に、ローマ字で社名を打ち出した、日本製の小型トラックが停めてある。トラックから延びた、草を踏み固めた道の先に、三角の小旗を軒にはわせたカジノがあった。そこから岐れた道の先に教会があり、太陽を背負った尖塔の十字架が、遠ざかっていく。

影を負った黒い十字架。オキーフが好んで描く題材である。荒野に立つ十字架を、同じ構図で幾枚か描いているが、キャンバスにあるのは画面一杯に立った木の十字架と、ニューメキシコの空間である。空間は夜、夜明けの空、と時を刻んで描き分けてあるが、どの絵も太陽はキャンバスの裏にある。どの十字架も、黒ぐろと塗り潰されていた。太陽とオキーフの間に立てられた、影に沈んだ十字架にどんな思いを込めたのだろう。

私は目を閉じた。荒野の太陽は赤味を加えて、刻々と時を移していた。

私たちはロス・アラモスへ向かっていた。急勾配の山道である。道の片側は崖で、サンタフェの行きがけにみたメサは、はるかな目の下にある。谷を吹く風が草木を払ってしまうらしく、メサの崖には緑の草がない。石も土も吹き飛ばされて、崖に、虫くいキャベツに似た穴があいている。遠くからみると、大人のこぶしで突いたほどの、まるい穴ぼこである。同じ大きさの穴が崖の面に散らばって、ところどころに灰色の石が顔を半分、のぞかせている。穴は、崖の土が吹き払われて、埋まっていた石が抜け落ちた跡である。メサの下に、石が転がっている。崖から離れて落ちた石たちは、メサの死者たち――。敗戦後にはじまった第二学期の教室を、私は思い出した。五十二人の死者を出した私たちの学年は、クラスの編成換えをすると、一クラスが減っていた。

生き残った私たちの授業がはじまったが、教室には主人がいない机が、幾つもあった。空っぽの机の前に坐る少女の姓名を呼んで、先生が出欠をとる。欠席、と誰かが答える。

そのたびに私は、名を呼ばれた少女の顔や姿を、思い浮かべた。在るべき場所に無い人の姿を想像するのは、辛いことだった。白く埃りをかぶった机の周辺は、ことさらに広びろとして、虚しさを訴えてくるのである。

石たちが落ちたメサは、風の音を吸って静まっていた。幾日生きられるかしら、と私は、ハンドルをもつ月子にいった。だしぬけな質問に、月子は、あの光のなかで？　わたしはノーサンキューね、といった。崖の肌温かそうじゃない、目を閉じて崖にもたれていたら至福のうちに逝かれそう、と私はいった。月子が笑った。牧場やってるとね、太陽の恵みなんて甘いよ、といった。

登りつめた平坦地にロス・アラモスの街はあった。月子は赤いレンタカーを、青空が光り輝く駐車場の真ん中に停めた。一九四二年にマンハッタン計画が実行に移されたとき、核開発の三大拠点の一つに選ばれた、土地である。他の二つの拠点、ハンフォードとオークリッジで生産されたプルトニウムと濃縮ウランが、ロス・アラモスに運ばれ、ここで原子爆弾が組み立てられた。当時建てられた核開発の国立研究所は取り壊されて、道を隔てた山の一角に、建て替えられていた。

月子と私は、科学博物館に入った。空軍基地のミュージアムのように、国の名と姓名を記入すると、待っていた係官がロス・アラモス国立研究所がある地形の、説明をしてくれた。上空から撮った地図である。最新式の建物が建つ敷地は、大地に根を張った岩山の頂にあって、機上からみたロッキーの岩肌と同じ色をしている。山の姿は勇壮で、いずれロッキーも、この国の人に征服される日がくるだろう。インディオが行き来していたロッキー山脈も、一七九七年から一八一二年にかけて、イギリスの探検家トンプスンによって、はじめて踏破されている。発見されて二世紀にもならないのである。

感慨深く説明を聞いていると、十分ばかり後に記録フイルムの上映がある、という。人の後について上映室に入ると、私たちは後の席に腰かけた。観客は、ここも白人ばかりである。大きなスクリーンに映される映画は、ミュージアムでみたテレビ映画と同類の、アトミック・ボムの歴史である。続けてみる気になれず、暗い部屋の天井を眺めて、ぼんやり私は坐っていた。アトミック・ボムもボックス・カー号も、もう沢山なのだ。登場するオッペンハイマー博士、土産物のワインのラベルになっている、もじゃもじゃ頭のアインシュタイン博士も、原子爆弾を搭載して飛び発っていく兵士も、みな英雄なのである。誇らしく、それが勝者の記録と理解しながら、私は一つずつを点検し、反論し否定していた。

――世界は汝の実験を必要とせず――疲れた頭で、本で読んだ言葉を私は繰り返していた。

ロス・アラモス国立研究所では、一九四五年八月二十一日、第二次世界大戦が全面終結した数日後に、事故が起きている。ハリー・ダグリアンという若い科学者が研究作業中に「プルトニウムが突然臨界に達し、ダグリアン氏の肉体を焼き焦がした」(『ヒバクシャ・イン・USA』春名幹男著)事故である。科学者は五、六週間後に死亡している。

月子と私は、科学博物館を出た。正午に近いロス・アラモスの空は青く澄んで、風も木の葉のそよぎも、すべてが平和にみえる。しかし私たちは、何処へいけばよいのだろう。河がみたいな、と私がいった。サンタフェへ向かう途中、私たちは赤茶色の流れ、リオグランデ河の橋を渡っていた。河に沿って敷かれた鉄道を、赤錆色をした貨物列車が通過していった。幌馬車の時代が匂ってくる、古風な貨物列車だった。橋の辺りはかなり急流で、岸辺に垂れる灌木の枝先が、流れに揉まれていた。

あの橋の上流に出られるよ、と地図の流れを指先で辿っていた月子が、いった。

その夜である。私は東海村の事故を知った。眠れないままに私は、ルイに長い手紙を書いた。

ルイへ――

いま私は、アメリカ合衆国のニューメキシコ州、アルバカーキのホテルにいます。十月一日の夜十時を過ぎたところ。東京は二日の朝でしょうか。つい一時間ほど前にホテルに帰って、なにげなくつけた部屋のテレビで、東海村の臨界事故を知りました。どの程度の事故なのか、とても気になります。明日の朝まで——トリニティへ出発します——時間が有りすぎて落ち着かないので、あなたへ手紙を書きます。

トリニティにいく予定を話したとき、あなた原爆マニア、と聞きましたね。同学年生の五十二人が埋めていたこの世の空間、抱きしめたくなって手を伸しても手ざわりのない五十二の空間を、何で埋めていけばよいのでしょう。

科学博物館を出た私は、リオグランデ河のほとり、小石が転がる土の道に車を停めてもらって、流れの縁まで降りていきました。田舎の脇道ですから、めったに車は通りません。ずかずか歩いていると、草のなかに入らないで、と月子がいいました。テキサスでの生活は、朝起きると、まず、はく靴のなか、机やキッチンの抽き出しを開けるとき、車に乗るとき、第一に注意を払うのがサソリとガラガラ蛇の有無だそうです。日本では想像できない危険が身近な自然にあります。

車を停めた川原は流れが二つに岐れていて、先で合流するのでしょう、一方は澄んだ流れ、一方は本流のリオグランデと同色の、赤茶色の流れでした。

私は流れにさらされて白くなった石の川原に——澄んだ河のほとりです——腰をおろしました。あひるが五、六羽、上流で泳いでいます。自然のなかで孵り、育ったあひるたちのようです。川原の小石の上に、卵が産み落としてあります。
温められた小石の温度と、太陽の熱でひよこに孵るのでしょうか。あひるは卵を抱かないとか。育児放棄です。ここにもルイの患者がいました。

レンタカーに鍵をかけて、ドアの取っ手を引いて確かめてから、月子は私と並んで腰をおろしました。それから、河がみたくなったの、どうして？　と私に聞きました。カナと三人で中島川の飛び石を渡って、よく遊んだわね、と私はいいました。中島川は長崎市内を流れている川です。

ずーっとむかしの話ね、と月子がいいました。でもリオグランデ河は水量も流れも、中島川の数十倍激しい。私は、できるなら橋の辺りの、河面に筋を立てて流れる本流に指を立てて、直に、アメリカ大陸の河に触れてみたかったのです。流れの、濁っていても、清涼感はいいですね。自然も決して優しくはないですが、悪意はない。水滴を包みきれなくなれば、空は大雨を降らせ、河は意のままに流れをつけていくだけ。町を呑み人を流しながら、善意も悪意もない。土を削り草を分けて流れていく河。コンクリートの堤防も護岸もない、砂漠や土にしみ入る河、素適でしょう。

人の世には目的や、やらなければならない約束事が多すぎますね。無目的で、無償の時が欲しい。流れる水のように、それ自体は目的をもたない――。心はどれほど解き放たれるでしょう。

今度は、私が月子に、さっき途中からミュージアムを出たのはなぜ、と聞きました。エアコンディションが悪いね、あのミュージアム、と月子がいいました。息苦しかった、と私がいいました。月子はしばらく黙っていましたが、わたしはアメリカ人でも日本人でも無いんだなあ、と突然いいました。夫や息子たちと生活していると、わたし一人が家族のなかで日本人なのね、でもあのミュージアムにいると、半分アメリカ人のわたしがいるのね、所在が不明、日本より、アメリカの生活が長くなったしね、といいました。国籍は、と私は訊ねました。母が亡くなった年に日本国籍は捨てたの、と月子がいいました。

あひるの群が、靴べら形のくちばしを二人に向けて泳いできます。どうやら、人間から餌がもらえるのを知っているようです。手付かずの自然、と思っていたのですがそうでも無い。馴れあうのに嫌悪を覚えて、私は小石を拾って河へ投げました。続いて月子が卵大の石を拾って、腕をふって投げる。大きな水音と水しぶきが上がる。私たちは大笑いしました。

リオグランデ河で遊ぶあひるたちは、人に馴れていましたが、ロッキーの奥から日日新たに湧き出る水は、赤土の大地を悠々と流れていきます。河は心を清めて、溜った不安を吐き出させてくれるようです。日本を発つ一週間ばかり前に遭遇した事件を、ルイ、あなたに聞いて欲しくなりました。事件があった日から、その時刻になると目が覚めて、庭の物音を全身で聞き取ろうとしている状態なのです。

明け方でした。廊下のガラス戸に物体がしたたかにぶつかる音がしました。前にも一度、鳩がぶつかったことがあります。それよりも重量感と面積をもつ音でした。私は、うーと言葉ではない声を、のどの奥から出しました。すぐに寝床を出て、廊下から庭をみました。長方形をした男の背中が、闇のなかにみえました。走るでもない、ゆっくり、ふり返らずに出ていく。時計をみると三時四十五分です。戸締りをみて廻ってから、私は桂を起こしました。それから、明けきれない夜のなかで、果して私は男の背中をみたのだろうか、と疑問が湧きました。廊下の同じ位置に立って庭を眺める。現場検証です。木の葉も庭に散らばっている小石も、紫色の大気のなかで姿をみせています。

はっきり背中をみたの、オーバーブラウスを着ていた、と私はいいました。下は、と桂が聞く。みえなかった。目に焼き付いているのは長細い骨張った背中だけ。

朝を待って、私は庭をみて歩きました。立ちすくみました。遺留品があったのです。警察に電話をかけながら、私は震えました。身の廻りの空間が一挙に狭まって、いまにも襲いかかられそうな危機感。彼の目的は犯すこと。遺留品が物語っています。

狭い庭にセンサーをつけ、防犯灯をともし、雨戸に錠をおろして眠ることにしました。ルイ。この事件で私は、自分自身の危機感の喪失を知りました。日常の平和は守られている、根拠のない安心を抱いていたのです。

蒸し暑い夏の夜は、廊下のガラス戸を細目に開けて風を入れる。鍵をかけ忘れたり。身の危険は、すぐ側にあるのです。家族と自分の命は自分たちで守る。それぐらいのこと、重重承知していたのですが。

育っていく無垢な者を、私は暴力で傷付けられたくない。口うるさく注意をすると、打つだけの手を打って入られたら仕方がないよ、と桂がいいました。ええ。ええ。ですが、どこか違いませんか。そんなに物判りがよくて、よいものなのでしょうか。

それにさ、襲われるのは若い者ばかりとは限らないよ、おたく――母親を彼はそう呼びます――かもしれないしさ、と。頭の片隅にもなかった考えを聞いて、私はなぜか、安堵したのです。

ルイ、何年前になりますか、ハイジャックされた飛行機にあなたが乗りあわせたのは。

もし身を挺して闘い、相手の生死を考慮しなければ、手加減は要らない。殺す、攻撃する。——そうなると国の場合は？　あなたは日常から発展させて国や世界の情勢を考えるの、ルイ、あなたは問うでしょうね——。

私はペンをおいた。

日の出は遅く、十月二日の朝は闇のなかにあった。出発までに朝食を終わらせなければならない。日本を発つとき、アメリカ事情に詳しい知人が、ロス・アラモスにもトリニティにも温泉まんじゅうは売っていませんよ、食べ物と水は持参すること、といった。現地での食糧調達は不可能、という。ホテルで用意してくれるパンケーキや、青いバナナとルビー色をしたゼリーを胃袋にたっぷり詰めて、砂漠で立ち往生しても耐えられる、準備をする必要がある。バルーン・フェスタへ出かける客のために、食堂は朝五時から開いている。身仕度を済ませた私は、ナップザックを肩にかけて、降りていった。私たちの出発は、六時半である。

食堂は風船野郎たちで、満席になっていた。ニューメキシコのホテルが混みあうのはこの季節ぐらいで、トリニティのゲイトが開く日と、年に一回開催される〝アルバカーキ・インタナショナル・バルーン・フェルタ〟の日が重なったためである。トリニティは年に二回、四月と十月の最初の土曜日にゲイトが開いて、爆発点の「グランド・ゼロ」まで見学が許される。

リオグランデ河から戻ったとき、ホテルの駐車場は、色彩鮮やかな気球を車体に描いたキャンピングカーが、勢揃いしていた。世界各国から集まってきて、趣向を凝した優勝争いになるらしい。私はスーパーマーケットで、参加者たちの気球が載っている写真集を買ったが、〝ALBUQUERQUE INTERNATIONAL BALLOON FIESTA〟とあった。FIESTA はスペイン語で、聖者を祭る聖なる日、なのだそうである。気球には名前があって、〝プリズム〟〝スパイダー〟威勢よく〝ゴー〟と青空に赤一色の気球。集まったアメリカ人は、ミュージアムの人たちより陽気で、気がおけなかった。アロハシャツの衿許から、トウモロコシ色の胸毛をみせた男や、胸と腹がくっつくほど豊満な、ショートパンツの婦人たちが、挨拶を交わしながら、ベーグルやパンケーキを食べている。立って、小粋にコーヒーを飲んでいる婦人もいる。人びとの食欲は旺盛で、砂漠に出かける者たちの、暗黙の覚悟があるようである。

バイキングの皿は、忽ち空になった。銀の盆に果物とデザートを盛って、娘が皿を埋めていく。チェリーピンクの口紅を塗った婦人が〝ready〟と片目を閉じて、私に聞いた。〝yes〟と私も晴れやかに答える。祭りはすでに、はじまっていた。

車のトランクに飲料水を積んで、月子と私も出発した。風船野郎たちのキャンピングカーは、一台も無かった。

「トリニティ・サイト」は、アルバカーキから約百九十キロメートル南東に走った、アラモゴードのはずれにある。朝靄に烟っていた外灯が絶えると、土埃りが立つ荒野へ車は入っていった。視界は大円に広がって、道路の左側、東の遠い山の峰が、黄金色に輝きはじめる。朝日は山の裏側にあり、太陽を背負った山肌は黒い影のなかに沈んでいる。対する右手の、西の山肌は峰から裾野の草原へ、時の刻みにあわせて光の幅を広げていく。走るにつれて東の山の稜線は高くなったり低くなったりして、陽は山に沈み、また昇るのである。呼応して、西の山脈は暗くなり、次の瞬間、幼児の金髪のように山肌の草が輝く。

やがて水滴をつけた草原が、川霧のように波立つと、朝日は完全に山から顔を出した。ホテルを出てから、四十分経っている。すれ違う車は一台もない。人に限らず生き物の姿は、地上にも空にもない。

八時をすぎたころ、角材を組みあわせて作られたフリーウェイの休憩地に着いた。走りはじめて、はじめて出逢った建物である。窓もドアもない木組みだけの休憩所で、備えてあるのは水と洗面所だけ。壁とドアがついているのは洗面所ぐらいで、インディオの男が一人、番をして立っていた。一服したい、いい、と月子が聞いて、建物の前にあるコンクリートの駐車場へ、車を入れる。数台のトラックと乗用車が停っている。長距離を運転してきたのだろう。トラックの窓枠にブーツの足をのせて、男が仮眠をとっている。月子は、車をその横に停めた。

高床式の休憩所にかかる板橋を、煙草をふかしながら月子が渡っていく。ふり向いて、ガラガラ蛇に注意って書いてあるわ、と赤文字で書かれた立看板を読んで、いった。ガラガラ蛇ですって、と私は驚いて聞き返した。

そう、ガラガラ蛇、〝コンクリートの細い道と板橋以外は歩かないように、ペットの犬を草原に放つことも禁ずる、注意を守らないで蛇に危害を加えられても、責任はあなた自身にある〟。OK？　朝の冷気に背中をまるめている私に、月子が念を押した。

私は月子の後について板橋を渡り、西の荒野に向かって立った。草原は、西の山裾まで延びている。私は深呼吸をした。この草の下には蛇たちが身をひそめて、獲物が近付いてくるのを、待っているのである。歩くな、と警告を出すほどだから、蛇は、板橋の隙間からみえる足の下の、草のなかにもいるのだ。

彼らはどんな体つきをして、どんな目の色をしているのだろうか。ブルーだろうか、レッドだろうか。ガラガラ蛇は殺し屋だから、ファットマンやリツルボーイのように、体に無駄な線はないだろう。私は、スタインベックの『蛇』に書かれているガラガラ蛇の姿を、西の荒野においてみた。

スタインベックは、ガラガラ蛇が獲物をねらうときの様子を「ごらんなさい！　あの首の曲げ方は、いつでも敵を襲える用意です。ガラガラ蛇は、用心深い、ほとんど卑怯だといってもいいほどの動物です」と描写している。「からだの組織は非常にデリケートにできて」おり、テキサス生まれの『蛇』の主人公は、「土埃りがかった灰色の、五呎《フィート》はある」大蛇なのである、と。

まさに、朝の光をあびて乾きはじめてきた荒野に、ぴったりの生き物である。そして五呎にも成長したガラガラ蛇が、月子や私を見上げていても、不思議ではないのである。五呎のガラガラ蛇は、有難くない。私は板橋とコンクリートの道を歩いて、車に乗った。

太陽の光は、目に痛くなっていた。出発して二時間と四十分、景色に僅かな変化が出ていた。かめの子だわしの荒野には変化がないが、少年の背丈ほどの植物が、ぽつぽつと生えている。土地に詳しい人なら、植物の様子で地理が読めるだろうが「トリニティ・サイト」は、地図に載らない、隠された場所である。予感として、近くまできていると推測できるのは、行手の台地にみえる鉄塔と、巨大なパラボラアンテナだった。

ここらしいね、と月子がスピードを落としていった。五十メートルばかり先に、乗用車が五、六台停まっている。運転者と話していた女性係官が、私たちの車に手をあげて、停止を命じた。寄ってきて、「トリニティ・サイト」はU.S.ARMYの管轄下にあります、窓を開けるように、とガラス窓をノックする。軍の管轄下にあるといわれる道の先は、相変わらずの荒野である。丸太と有刺鉄線を組んだ柵が開けてあって、その柵が「トリニティ・サイト」のゲイトなのである。

係官は月子と私をみて、二人か、と見学者の数を確かめてから、印刷物を二枚差し出した。読んでサインするように、という。「入場規則十三ヵ条」である。ゲイトが開くのは午前八時半、閉まるのが午後二時。入場して「グランド・ゼロ」の地点に立ち、「トリニティ・サイト」のフェンス内を一巡するだけで、仮に二時に入場しても、ゲイトを出るのは三時をすぎるだろう。荒野の夕暮れは早く、危険である。危険を予告するように、「これより先はニューメキシコ州の管轄から離れる。事故が起きてもニューメキシコ州に責任はない」と責任の所在が明らかにしてあった。これは立看板で、続いて書面による「入場規則」である。柵は簡単に飛び越えられても、警告は十重二十重に巡らされている。

☆デモ、ピケ、座り込み、反対の行進、政治演説、それらに類する活動の禁止。

☆ホワイトサンド、ミサイル実験場では、いかなる武器の携帯も禁止する。

☆「グランド・ゼロ」から「トリニティ」を拾ったり持ち帰ってはならない。国立歴史記念碑の「トリニティ」の部分だけでなく、植物もまた放射能をおびている。

☆蛇に注意。ガラガラ蛇が「グランド・ゼロ」及びマクドナルド・ランチ・ハウスでみつかっている。
☆ペットは車内に。車に残すときには窓を開けておくこと。高温のため、ペットは瞬時に死ぬことがある。

——などなど。

書類にサインして係官に渡すと、入場が許された。私たちは、フェンスに囲まれた長く細い道を、走った。再び停止命令を受けて、係官の誘導で車を停める。その先は乗り物は禁止で、「トリニティ・サイト」となる。

規則にある「トリニティ」とは、「トリニティ・サイト」の内に落ちている石ころ、ガラス片、草、花、土、砂、あらゆる物質のことである。また「トリニティ・サイト」とは、高さ三メートルばかりのフェンスに囲まれた、荒野のなかのさらなる小さな荒野のことである。その、ほぼ中央にあるのが「グランド・ゼロ」で、プルトニウム爆弾の、爆発実験が行われた爆発点である。「グランド・ゼロ」に「国立歴史記念碑」が建っている。石積みの、四角錐である。三メートルほどだろうか。要するに「トリニティ・サイト」の内にある物は、靴の底についた泥にいたるまで、公開された国家的最高機密、なのである。

フェンスの内の広さは、野球場が六つも七つも入る、原っぱだった。囲いの外の地域も含めて、辺りはミサイル実験場なのだろう。観光写真に載っているホワイトサンドと、ミサイル実験場になっているホワイトサンドが、同じ地点とは思わないが、〝今日までに四万二千発のミサイルが発射されている〟という。〝射撃場のどこかに射撃物が埋まっている可能性があるので、よく注意すること、またこれは常識である〟と注意書きがあった。『トリニティ・サイト一九四五―一九九五年』という小冊子には〝フェンス内の放射能レベルは低く、一時間のツアーで〇・五から一ミリレントゲンを浴びる計算になる。アメリカ人の大人は毎年一年間に、平均九十ミリレントゲンの放射線を浴びている。例えばエネルギー省の発表によると三十五～五十ミリレントゲンを太陽から、三十～三十五を食物からとっている。見学を決めるのはあなたである〟と危険性は十分に説明されていた。フェンスのなかに一時間とどまると、〇・五ミリから一ミリレントゲンの放射線が、人体に加算されるのである。アメリカ人の大人が、年間に浴びる放射線が九十ミリレントゲンとあるから、「トリニティ・サイト」で浴びる放射線は、決して低いとはいえない。

私たちは車から降りると、許可されたミネラルウォーターのボトルをもって、フェンスの内へ歩いていった。見学者は二百人ばかりである。家族連れが多く、子供の手を引いた父親の姿が目につく。砂漠の植物のトゲと、放射能をもつ短かい足許の草に気をとられているからだろうか。見学者たちはうつ向いて、無言で歩いていく。荒野のなかで動いているのは、「トリニティ・サイト」を歩く人間だけである。樹木がない荒野では、小鳥も巣が造れないのだろう。

私は、鳴りを静めた荒野に耳を澄ました。陽にあたためられてはぜる草の実の、小さいが力強い音が聞きたかった。蟻地獄を滑り落ちていく虫がたてる、あがきの砂の音でもよかった。生きているものがたてる物音を、私は聞きたかったのである。

私は「グランド・ゼロ」へ向かって歩いていった。石の碑を取り巻く見学者の、輪の外まで歩いて、私は立ち止まった。顔をあげて四方をみた。一望千里、身の隠し処のない曠野である。地面より高いのは人間と、「トリニティ・サイト」を囲むフェンス、遠くの地平線に連なる赤い山肌。その中心点、私の目の前に立つ「グランド・ゼロ」の記念碑だけである。

五十余年前の七月、原子爆弾の閃光はこの一点から、曠野の四方へ走ったのである。実験の日は朝から、ニューメキシコには珍しい大雨が降っていたという。実験は豪雨のなかをついて、行われた。閃光は降りしきる雨を煮えたぎらせ、白く泡立ちながら荒野を走り、無防備に立つ山肌を焼き、空に舞い上ったのである。その後の静寂。攻撃の姿勢をとる間もなく沈黙を強いられた、荒野のものたち。

大地の底から、赤い山肌をさらした遠い山脈から、褐色の荒野から、ひたひたと無音の波が寄せてきて、私は身を縮めた。どんなにか熱かっただろう——。

「トリニティ・サイト」に立つこの時まで、私は、地上で最初に核の被害を受けたのは、私たち人間だと思っていた。そうではなかった。被爆者の先輩が、ここにいた。泣くことも叫ぶこともできないで、ここにいた。

私の目に涙があふれた。

係官の誘導に従ってフェンスのなかの細い道を歩き出したときから、あれほど自覚的だった被爆者意識が、私の脳裏から消えていた。「グランド・ゼロ」に向かう私は、被爆する以前の、十四歳の少女に還っていたようだった。八月九日を体験する前の「時」に戻って、「グランド・ゼロ」という未知なる地点へ、歩き出していたのかもしれない。記念碑の前に立ったときに私は、正真正銘の被爆をした。

思い返してみると、八月九日に私は一滴の涙も流していない。手や足や、顔の形をとどめない人の群に混って逃げながら、涙は流さなかった。真夏の道の蟻のように、浦上の焼け野原に一筋の列ができていた。治療を受けるために集まった、まだ歩ける人の列だった。列と向きあって、一人の医師が手当をしていた。割れた敷石に腰かけた医師も、頭に包帯を巻いていた。ガレキになった長崎の街は海まで見渡せて、地面より高いものは、ここにも人間しかいなかった。私は、光のなかに浮き出た光景をみながら、ひたすら逃げた。

三日後に、疎開地から七里の道を歩いて母が私を探しにきた。途中で、浦上の救援に向かう学生たちに母は私の職場を告げて、細い骨があったら娘のですから拾ってきてください、と頼んだ。

私が無事であるのを知ると、生きてたのね、といって母は胸に抱きしめて泣いた。それでも私は涙を流さなかった。八月九日に流さなかった涙を、私は人としてはじめて流したのかもしれない。もの言わぬ大地に立ったとき私は、大地の痛みに震えた。今日まで生きてきた日日も、身心に刺さる非情な痛みだった。しかしそれは、九日から派生した表皮の痛みだったのかもしれない。私は、自分が被爆者であることを忘れていたが、沈黙を続ける大地のなかに、年月をかけて心の奥に沈めてきた逃げた日の光景を、みていたのだろう。決定的な日の私を。

「グランド・ゼロ」へ歩いていく一人の老人の後姿が、私の目に映った。集団から離れて、老人は杖をついて歩いている。七十二、三歳だろうか。上背のある、骨組みがしっかりした体格である。退役した傷痍軍人のように思える。目が悪い様子で、黒いレンズの眼鏡をかけている。連れ添っている者はいない。体の自由が利くうちに「グランド・ゼロ」

を訪ねたい、とバスツアーに参加したのだろう。憂いがある老人の姿に、私は惹かれた。どんな半生を生きてきたのか。わざわざ「トリニティ・サイト」まで訪ねてくるぐらいだから、ミュージアムの老人や月子の夫のように、第二次世界大戦を戦った男なのだろう。杖の先で「トリニティ・サイト」を探りながら歩いていた老人が、石碑を取り巻く人垣の外で、足を止めた。杖の頭に両手を重ねておいて、遠くから石碑を眺めている。

迷彩服を着た三、四人の少年が、老人の横を駆け抜けていく。赤いフリスビーを空に投げ上げて、一人遊びをしている少年もいる。

前日まで空軍基地内の、アトミック・ミュージアムにあったファットマンが、夜を徹して運ばれて、フェンスの内に展示してあった。爆発実験に使われたプルトニウム爆弾と同型の、兄弟分である。年に二回の里帰りなのだ。

月子と私は、いつか手をつないで歩いていた。日本の野山でみかける、ぼけの花によく似た五弁の花が、草のなかに二つ三つ咲いている。黄色い、艶のある花も咲いている。月子と私はしゃがんで、地に平《ひら》みついて咲く花を眺めた。カナ生きているかしら、と月子がぽっ、といった。だいじょうぶよ、と私はいった。

月子と私は、爆発実験でできたクレーターをのぞいてから、出口に向かった。出口、すなわち入口でもある辺りに、人だかりがしている。入るときには気が付かなかったが、木のテーブルが出されて、テーブルの上に、爆発実験のときに使われた計器類の破片と、目覚し時計、部品の鉄片が並べてある。女性係官が目覚し時計に、ガイガー計数管を当てた。針が大きくぶれて、計数管が鳴り出した。

雨の日の、実験に使われた計器類である。まだ放射能が残留している、といって、針をさして説明する。音が強くなり、弱くなって波を打つ。アメリカ人たちは首をふって、おお、と半世紀むかしの威力に感動し、月子と私も、凄いね、と首をふった。

係官は、どうだ、という表情である。私は感動して見入っている自分や、テーブルを囲む人びとが滑稽になり、自分の体に、ガイガー計数管を当ててみせたくなった。ガアガア鳴り出したら、みんな驚くだろうな、と。

地上に放射された放射能の残留年月は、物質にもよるが、半永久的といわれている。フランスに住む知人の話によると、キュリー夫人の研究室に入ると、いまでも計数管が鳴り出すそうである。

錆びた計器類の横に、ガラスケースに入った石ころがあった。直径一センチばかりの、まんまるい小石である。全体は灰色にみえるが、よくみると白や褐色、緑や赤などの砂粒が混っている。艶がない小石をさして、係官が説明をはじめた。

〝このまるい石は、アトミック・ボムの爆発実験で吹き上げられた大地の砂と土が空中で舞いつつ寄りあい、高温で溶けて球状に固まったものです。われわれはこの石を真珠と呼んでいます〟といった。石は見事に球形をしていた。

長崎を攻撃したボックス・カー号の乗員の一人は、「地上では、ニューメキシコ州のアラモゴードの砂漠で行われた実験以上のことが起こっていたのである。」と書いている。高温で溶けた人間も、球状の小石になって舞ったのだろうか。若い人の骨は桃色に輝いている、という。逝った友人たちの骨は、せめて愛らしい桃色の真珠であって欲しかった。「真珠」を展示するテーブルの前に、地元の報道関係者が、インタビューの準備をすすめている。人びとに囲まれて、日本人の男性が二人立っていた。インタビューを受ける、広島の被爆者である。Tシャツを着た二人の男性は、見物するアメリカ人のなかで、張り詰めた表情で立っていた。

彼らはまっすぐに顔を上げて、直立する姿勢で立っていた。

その夜、私はふたたびルイに手紙を書いた。その手紙に、一篇の詩を書き添えた。

プルトニュウム原子爆弾　炸裂一秒後

わたしが　見たのは

中心　摂氏百万度　表温七千度
半径　三百四十メートルの火球
爆風の秒速　二百五十メートル
放射能と　三十万度の熱線を放ち
表温　六千度の太陽は
めくるめく輝きを失い
赤く　大きく　落ちてしまった

あの光と雲と　屍の川を
父と母と子の　断末の叫びを
疾走する　炎の海の咆哮を
荒莫の原の　夜の呻きを
息絶えていった　幾万の一人ひとりを
浦上の　聖堂の上に立つ
ザベリオと　使徒たちよ
あなた方は　すべてを知っておられます

父よ　母よ　きょうだいよ　友よ
今　あなた方が住んでいるのは
水と光あふれる　遥かな国　はらいそ
生き残った私たちも　やがて逝くのに
肥った野良猫は　のろのろと歩き
人は　大きなおなかを揺すらせ
わたしたちの往くところは
ああ　何処にあるのだろう

今では　いくつかの水爆で
わき上がる雲と煙は　地の涯まで流れ
核の冬が　地球を覆い
いのちあるもの　すべて死滅すると言う
歴史は　ヒロシマとナガサキを過ぎ
とうとう　ここまで来てしまった
浦上の　聖堂の遺跡の上に立つ

ザベリオと　使徒たちよ
いつか　世界が終わるのなら　その時
あなた方は　何を見られるのでしょうか
——四十年目の夏に——伊藤泰子

作者はあのとき、N高等女学校の二年生でした。私の一級上級生に彼女のお姉さんが——四十二歳で死亡——いました。

——世界は汝の実験を必要とせず。——

あなたはどう思いますか、ルイ。


（「群像」二〇〇〇年九月号）

著者から読者へ

知って欲しいから。

林　京子

昭和二十年八月九日から、長い年月を生きてきた。先の見通しもよくなった。しかしそれ以上に、刻々と踏み出していくかかとの後に続く細く長い過去の日々が、鮮明にみえている。ある時には鮮烈なスポットライトが差し、ある時には春霞のあたたかい光が、ふりそそいでいる。光のなかに立つ私は幼かったり、放射能の塵《ちり》を体いっぱいにかぶった女学生だったりする。

『長い時間をかけた人間の経験』は、長崎で被爆した日から生きてきた私個人の経験であり、被爆者たちが歩いてきた道のりである。

この本が文庫に収められる話を聞いたとき、私は何よりも嬉しかった。多くの、ことにこれからを生きる若い人たちに、読んでもらいたかった。なぜならば、広島・長崎の被爆者たちが生きてきたこの六十年間は、「人」全般の問題だからである。

九日、学徒動員されていた兵器工場から浦上の丘まで逃げてきて、畑や土の上に転がっている全身火傷を負った人たちを目にしたとき、私は生きている自分に感謝した。命があれば何も要らない。少女の私が本気で、神さまに手を合わせた。

しかし九日は、そこで終わらなかった。広島の六日も、長崎の九日も、人の体に放射能を植え込んでいった。吸い込んだ放射性物質は、微量であっても骨や肉に付着して放射線を出し続け、長い年月をかけて人を傷付けていく。このことは科学者たちの調査でも、明らかにされている。そのデータを立証して生きたのが、被爆者たちである。六日九日の広島・長崎の現場は、被爆者たちが口々に証言するように「地獄絵」だった。だが問題なのは、そこで終わらなかったことである。この事実を知って欲しい。

被爆者は核兵器のモルモット、といわれる。被爆者の人生が人の役に立つのであれば、私はモルモットの不幸に甘んじる。

「トリニティからトリニティへ」は、六日九日の、そして人と核兵器の原点である場所からの、発信である。

トリニティは、アメリカ合衆国のニューメキシコ州にある。州最大の都市アルバカーキから車で約百九十キロメートル、その沿道の風景は、赤土の荒野だった。草らしい草も生えていない。処々に荒いとげをつけたサボテンが生え、人の姿も人家もない。

原始というべきなのか。荒くれた自然の洗礼を受けながら辿《たど》り着いたのは、緑の金網で囲まれた、広大な荒野のトリニティ・サイトだった。一九四五年七月十六日、地球上ではじめて核爆発実験が行われた地で、グランド・ゼロ、爆発点がある場所である。長崎に投下された同種類の、プルトニウム爆弾が実験に使われた。

爆発点には、三メートルほどの石の碑がたっていた。太陽は頭上高く輝き、直射する陽は肌をひりひり焦《こ》がす。天にも地にも物の影一つなかった。私は立ちすくんだ。地平線まで見渡せる荒野には風もない。風にそよぐ草もない。虫の音もない静まった荒野は自然でありながら、これほど不自然に硬直した自然はなかった。荒野は、原子爆弾の閃光をあびた日以来、沈黙し、君臨していたガラガラ蛇の生さえ受けつけなかった。大地は病んでいたのである。

生命を生む大地が病んでいる――。私は、被爆者の先輩が母なる大地であったことを、知った。そしてこの事実も、知って欲しいのである。

カナと一緒に歩く

解説
川西政明

林京子は三浦半島の観音札所《ふだしよ》巡りに出発した。一九九八年九月中旬のことである。

三浦観音の札所は第一番から第三十三番までである。第一番音岸寺から順に見桃寺、蓮乗軒、大椿寺、海応寺、観円寺、福寿寺、清伝寺、法昌寺、三樹院、称名寺、伝福寺、東福寺、観音寺、真福寺、等覚寺、慈眼寺、満願寺、青雲寺、浄土寺、景徳寺、観音寺、観蔵院、海宝寺、玉蔵院、観正寺、円乗院、専福寺、無量寺、正住寺、長慶寺、海蔵寺で、第三十三番が観音堂である。これらの札所をまわり、ご朱印をいただく。

はじめにカナがいた。長崎高等女学校のクラスメートである。そのカナがいなくなった。カナは毎年、八月九日が近づくとうつ病になる。夏が過ぎると機嫌よくなって、げんきィ、と電話をくれる。しかし今年はその電話がない。こちらから電話すると、この電話は使用されていませんと伝えられた。カナはその年の正月に夫を亡くしたと言ってきた。夫を送ったカナはみずからの意思で行方不明になったらしい。

数年前、「私」の家に遊びにきたとき、カナは庭にはまゆうを植えてくれた。七十センチほどの太い花茎の先に香りのよい白花が十数個開く。その花は開いたが、花をくれたカナは消えた。

「私」もカナも被爆者である。「私」は被爆を根とする生き方をしてきた。被爆による死に的を絞って生きてきた。天寿を全うすることを阻む命の短縮が、被爆者に科された運命であった。「私」はこの八月九日の死神に足を取られないよう、走りつづけてきた。そしてどうやら死神の追跡を振り切った。

「私」は被爆を根とする生のたたかいにおいて勝ちを制した。しかしそのとき「私」は自分の目の前に老醜の死が待ち構えているのに気づいた。

カナはどうだろう。カナもまた被爆を根とする生き方にしばられてきた。ある夏、うつ病から逃れるため、島の寺にこもり、写経をし、経を唱える日々を送った。カナは被爆を根とする生のたたかいのなかに、子供を産まない意思を組み入れた。その夫を亡くした今、カナは何を根として生きてゆくのだろう。

「私」はカナを見失った。

「私」が胸中に思い描く理想の死は、海辺の町の山の頂に住む哲学者が見せてくれた死のかたちであった。九八年の春、哲学者は桜の宴で人々にワインをついでまわった。それが別れの花見になった。危篤になったと知らされていってみると、哲学者の呼吸は荒れていた。夫人が夫の白髪に長い指をさして、静かに掻き上げていた。荒い呼吸をつづける哲学者の耳元に口を寄せ、夫人が「わかりますかおかあさんですよ、ここにいますよ」と呼びかけた。妻の言葉が届いたのだろう。荒い呼吸をしていた哲学者の呼吸が、ふうーっと静かになった。そして哲学者は穏やかに死をむかえた。「私」はこの哲学者夫妻の姿を「私」の死の理想とする。カナはこの哲学者の妻のように夫を見送ったのだろうか。

かねがねカナは「私」を遍路に誘っていた。この世の執着を脱いでいくために。「私」はカナと同行二人で遍路に出ることに決めた。

ここで話の風向きをかえる。

林京子（旧姓宮崎）と林俊夫がはじめて出合ったのは、一九四八年十二月十日の佐世保港の南風崎であった。この日、上海からの最後の引揚船が南風崎に着いた。支那派遣軍総司令官岡村寧次大将、南京虐殺の責任者松井石根大将などとともに林俊夫も橘丸で帰国した。林京子は母とともに叔母の出迎えにいっていて林俊夫の存在を知った。不思議な縁である。五一年、二人は結婚した。

林俊夫は朝日新聞の上海特派員であった。彼はゾルゲ事件の尾崎秀実とも親しかった優秀な新聞記者である。彼は『谷間』『青春』などの小説に登場する。被爆者であることから発生する「自分たちは結婚不適格者なのだ」という諦めの壁を破って結婚したのは、夫となる人の人格を認めることができたからだろう。しかし子供を産むための決意を固めるときも、そして子供が生まれてからも、原爆症の遺伝など、被爆の世代間連鎖の問題と向き合いつつ、生き延びる道を探す日々を送らなければならなかった。二十三年後、夫はわれわれの結婚生活は閃光に明け暮れた生活にほかならなかったといい残して別れていった。

あれは八一年のことだったか。五十歳をむかえた頃、林京子は布製旅行鞄を引きながら放浪の旅に出ていった。『祭りの場』を書き、『ギヤマン ビードロ』の連作を書き、『ミッシェルの口紅』の連作を書き、『無きが如き』を書き、一サイクルを終えた時であった。子供が独り立ちし、離婚し、人を産む性を終えた時、林京子はこれから何を根として生きていくのかに迷ったのだろう。

この放浪につづいて三十六年ぶりの上海再訪があり、長崎高等女学校の角田京子先生の「工場日記」に「宮崎京子　無事」と書かれていることを知って、自分の生の原点を再確認できたようだった。八五年には息子のヴァージニア赴任に随行してアメリカでの生活をはじめた。二人の孫にも恵まれた。

彼女は被爆を根とする新たな次元のたたかいにはいっていった。あの四、五年が分水嶺だったような気持がする。そして二十年がたった。姿を消したカナの行動に、「私」は今まで味わったことのない虚しさを感じた。

「私」が遍路に出ることは、カナの虚しさを背負いながら、どこまでも歩きとおすことであった。南無阿弥陀仏と唱えながら、観音さまに祈りをささげる。三十三ヵ所の霊場を歩きとおした時、「私」はカナと合体するだろう。「私」は歩きながら、カナを追う。カナとは長崎という被爆を根に生きつづけた「二つの魂」である。「私」はカナという「二つの魂」とともに歩く。

二人の友の訃報が届いた。一人は去年の暮。もう一人は三日前。二人とも被爆を根とするたたかいに終止符を打った。二人のためにも「私」は念仏を唱えながら歩きつづける。カナがくれた日本手拭の上に捺された「聖観世音菩薩」の六字をとおして「闇のなかで語りましょう」と語りかけてきた老女の姿が浮かび上がる。老女は被爆者であった。女には唇から右首筋にかけてケロイドの痕があった。

女は十六歳のとき大橋の町工場で女工をしていて被爆した。「私」は女学生として大橋の三菱兵器工場へ動員されていたとき被爆した。女は「兵器の女工さんがうちたちの憧れけでした、羨しかった」という。「私」は「兵器のあんなんたちは選ばれた娘たちでしたけん、うちには高望み」と語る女の言葉に衝撃をうける。あれほど苛酷な仕事を強いられていた女工さんに憧れる女の言葉は、「私」の甘さを打った。「私」は女の被爆を根にした生活の具体を知りたいと思う。女は語りはじめる。飢えると性を売ることを唯一の糧にして生きてきた女の語りは、悲惨きわまりない。しかし女の語りにはどこか底がぬけた人間の自由さも感じられる。語り終わると、女は長崎の闇のなかに消えていった。

そこは第七番の福寿寺であろうか。登山家の植村直己、南極越冬隊長の西堀栄三郎、世界一周ヨットマンの多田雄幸と三人の冒険家を顕彰する碑が立っている寺である。この寺で「私」は住職に筆で「聖観世音菩薩」と書いてもらった。

また「私」はある寺の住職に、カナの法名である「紫金汀遊」の文字を書いてもらった。この寺の名前はわからない。

香子は長崎医大の学生だった兄を被爆でうしなった。兄の骨を探すために、香子は爆心地に近い学校へ何度も出かけた。放射能を浴びた香子は、結婚不適格者である自分を克服するために結婚した。学生時代から原爆症に苦しんできた香子は、結婚後もさまざまな病気に苦しんだ。長崎の友人にたいして、「私」は慰めをいわない。だれもが病気で苦しんでいるから、友達が語ることを、ただ黙って聞いて別れるのである。友人たちすべてが、

「私」と同じ態度をとる。最後に会った日、香子が語る言葉を「私」は黙って聞き別れた。それが香子との最後の別れになった。

ミエは定期試験中に、小水を漏らしてしまった少女である。「私」はさりげなく雑巾を渡した。ミエは黙って、小水のあとを拭きとった。「私」にも夜尿症の経験があったからだ。母が連れていってくれた病院の医師は、人間には恐怖にも限界があって、耐えられなくなると脳が救済の手を差し伸べてくれるのだから心配ないよと教えてくれた。「私」はその医師の言葉で救われた。しかし文学少女だったミエの内部で八月九日が膨張をつづけ、彼女は救われないまま自殺した。

カナの手拭に捺印されたご朱印を触媒にして被爆を根に生きてきた女たち、死んでいった女たちの魂が語りかけてくる。これら「無数の魂」がカナの「一つの魂」と交響する。「私」は「無数の魂」と「一つの魂」の交響するなかを心に南無阿弥陀仏を唱えながら歩いていく。

九月の下旬。

「私」は第二十九番札所の無量寺に出かけた。この寺の名前に惹かれた。阿弥陀如来が発する限りない智慧の光明にあこがれて。ご朱印をどこへ捺しますかと聞かれた「私」はためらいなく「紫金汀遊」の横へと答えた。仏さまに仕えるときの名前だそうです。どなた

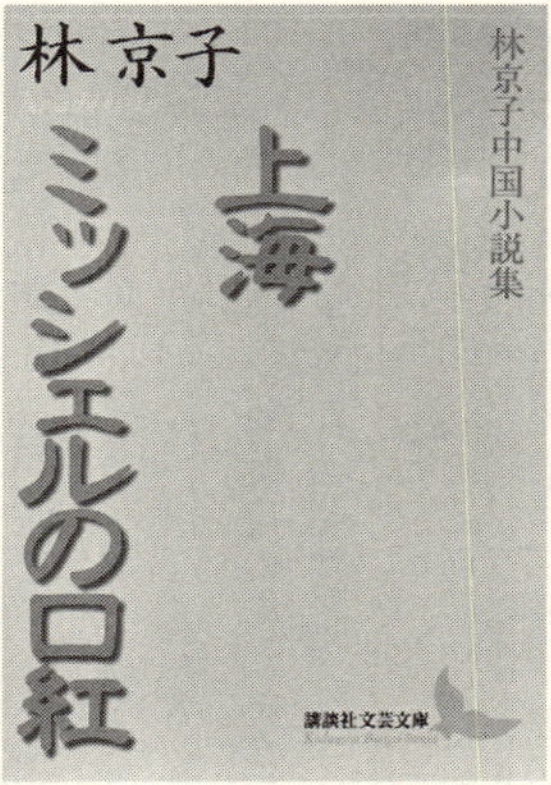

『上海・ミッシェルの口紅』カバー
（2001年 1月　文芸文庫）

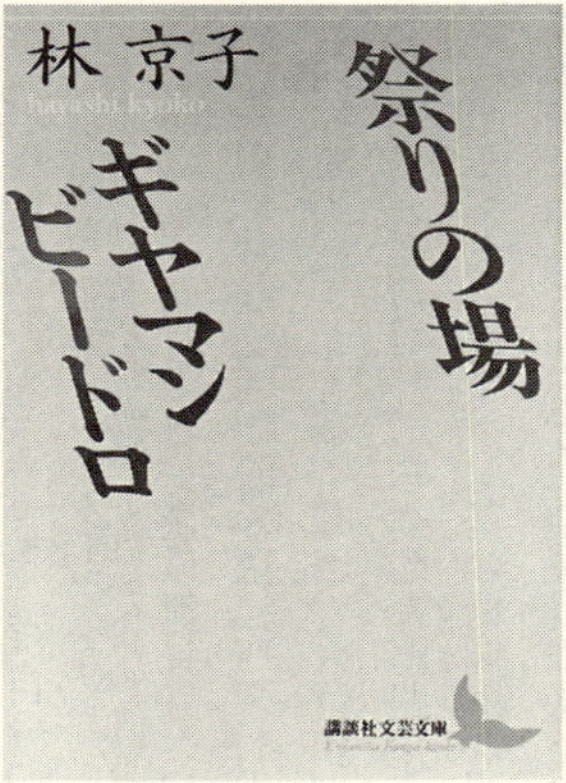

『祭りの場・ギヤマン ビードロ』カバー
（1988年 8月　文芸文庫）

『希望』カバー
（2005年 3月　講談社）

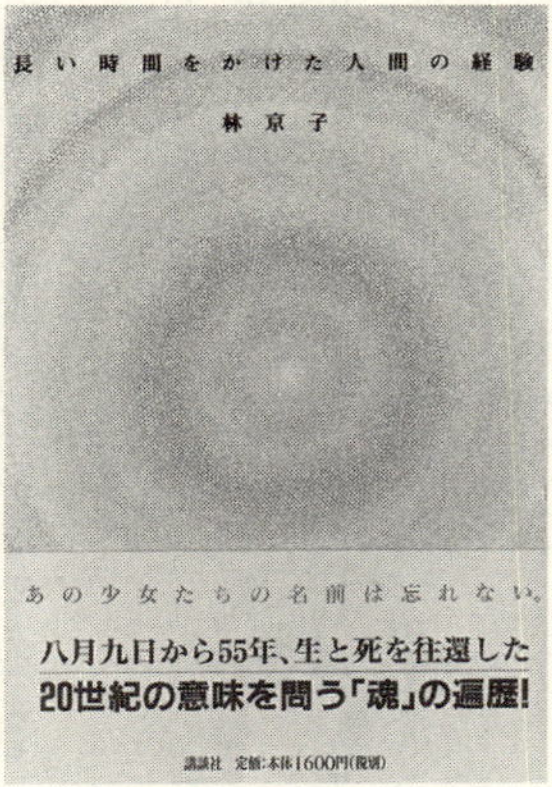

『長い時間をかけた人間の経験』カバー
（2000年 9月　講談社）

の、と夫人が聞く。「私」はカナとの事情を話してから、「あまりに切ないものですから」といった。

ご朱印をいただいた「私」は本堂の前の石段に腰をおろした。光が頭上にあった。「私」は熱い麦茶を飲み、昼食用のあんぱんを出して食べはじめた。

背後に聖観音菩薩の目を感じながら、「私」は食べるのを止めない。住職が外出先から帰ってきても、食べるのを止めない。「紫金汀遊」の名の横に、「無量」の二字を書いてもらおうと決めたあたりから、「私」の心中に感傷の種が宿った。あまりに切ないとはなにごとか。カナの名前を出していう言葉ではなかった。切ないくらいであれば、カナが消えることなどないだろう。「私」は自分の浅ましさに嫌気がさした。その厭らしさをさらけだすために、「私」は仏の前であんぱんに齧りつく。

二〇〇五年四月六日、僕は無量寺へ出かけることにした。

逗子駅でおりて、駅前の京急バス二番線乗り場から長井行きのバスに乗りこむ。バスは堀内、葉山、長者ヶ崎、峰山、久留和、前田橋、芦名をへて佐島入口へ着く。そこからすこし逗子方面に帰り、右折した道路に入ったところに「長坂やぐら群の跡」がある。鎌倉時代のやぐらの跡で、七基の信仰塔が祀られている。このやぐら跡を左手に見ながら道路を歩いていくと、左手に無量寺がある。

こぢんまりとした感じのいいお寺である。参道を歩いていくと、茅葺寄棟の山門がある。見上げると、茅の一本一本が棘たったように目に焼きつく。遠くから離れて見ると、もこっとした屋根が温雅を感じさせる。棟木の端の蟇股に十六葉の菊の紋が彫られている。この寺の開基は三浦大介義明の孫の和田義盛と伝えられているが、最近の調査で頼朝の有力御家人だった豊後の大友氏が開いた禅寺だったことがわかったらしい。右手にくすのきの巨木、左手に梅の古木がある。十年ほど前の写真を見ると、本堂は質素なたたずまいを見せているが、今は立派な本堂が建てられている。正面の奥行五間、方形造り、向拝つきの建物である。内陣正面の須弥壇中央に阿弥陀如来坐像、左右に観音菩薩、勢至菩薩が祀られている。厨子のなかに置かれている聖観世音菩薩は、運慶の作といわれる。

その仏にむかって、僕は合掌した。

ゼロ地点に立つカナのためには祈るしかない。

無量寺を出た僕は、佐島入口のバス停を通りすぎ、次の交差点を右折して佐島へとむかった。佐島隧道を抜け、広い道路をてくてくと歩いていく。ただ歩くだけ。春の陽は頭上から光の輪をはなつ。一本道である。高速道路の建設現場に出る。その先に商店街がある。左手に漁港が見える。左折した道に入ると海が見えた。佐島港である。その右手、すぐ目の前のところに専福寺の観音堂が見える。石段を登っていく。この観音堂は行基が七五六年に建造したと伝えられる。方形造り、正面向拝つき、高床、三方縁つきの朱塗りの小さなお堂である。ここの十一面観世音菩薩坐像は像高四十・一センチ、構造は玉眼を嵌入した檜材の寄木造。その形姿は頭頂に仏面と十面をいただき、放射光背の頭光を負い、蓮華座に安座している。

桜花がひらひらと散る。静かである。

わずかに開いた窓から、僕は仏に手をあわす。

専福寺は一五〇〇年頃の創建といわれる。一八九一年十一月の集落を焼きつくした大火によって全焼した。その後、仮建築のままだったが、一九七六年にコンクリート造りの本堂と庫裏が建てられた。

「私」が無量寺の次にたずねた寺が専福寺かどうかはわからない。切り通しをくだると漁港が見えるので、専福寺かもしれない。隧道を出たところで、「私」はしゃがみ込んだ。炎天下を歩いてきたので、目まいがしたのである。「私」はカナの手拭を出して頭にのせた。その隧道のあたりからクラスメートたちの笑い声が聞こえてきた。笑い声のなかから、「そんげんきばりますなあ」というカナの声が聞こえた。隧道を出たところで、「おおちがしゃがんだろう、うちは八月九日を思い出しとった」とカナが言った。そこからカナの語りがはじまる。

カナは友達と一緒に金毘羅山中の素掘りのトンネルまで逃げてきた。そこで一人のおじさんに会った。その男は友達にむかって、町に帰る近道があるから一緒にいこうと誘った。童顔の友達は、いこう、とカナの手を引いた。カナは声を殺して、出来ん、いきますな、と言った。そっちの嬢ちゃんは傷の深かけん休んどらんね、迎えを呼んであぐるけん。いこう、と友達がカナに言った。うちは早う帰りたかよ、友達が泣き出した。カナは男に先にいけと言った。カナは友達と違って男のこわさを知っていた。男が友達を誘う目的は明らかだった。

カナには心に決めた人がいた。男が出征する前の日、カナはその人のものになった。生きて還れないかもしれないから、君が欲しいとその人が言ったからである。それから二ヵ月後に被爆。金毘羅山のなかで、カナはクラスメートたちと違ってしまった自分の肉体のことを思い知った。生涯を一人の男と暮らしてきながら、還らんでしたい少女のおおらかな心はとカナはいう。

「私」はカナと語り合いながら、遍路の道を歩きつづける。僕の耳はここで林さんはしゃがみ込んだのねという声を聞く。そう。このあたりだろう、と僕は答える。カナの声が聞こえるかどうか立ち止まって耳を澄ます。そのときサッと一羽の初ツバメが宙返りをして天空を切りひらいた。

これから先はありのままにただ歩こうと「私」は思う。カナの語りを合図のように、「私」のなかに多くのクラスメートが還ってくる。「私」とカナとクラスメートは自由に往還する。

そして「私」とS医師との対話の場面がある。S医師は庶民には人類を滅亡から救う智慧があると「私」を励ます。

「私」は最後の寺へと出かける。三十二の寺をまわりながら、答えは何も出ていない。カナを思い、いつか迎える二つの死と向きあっていた。隧道のところでしゃがみ込んだとき、「私」はこのまま死んでもいいと思った。あのとき欲望と虚栄はきれいに消えていた。

被爆後、金毘羅山中へ入り、爆心地の松山町をのぞむ丘に立ったとき、「私」が得たものは体ひとつであった。観音札所巡りをする「私」が得たものも隧道でしゃがみ込んでしまった体ひとつであった。しかし「私」にはカナの手拭に捺してもらった三十三のご朱印がある。このご朱印のなかで「一つの魂」と「無数の魂」の声が唱和する。

一九九九年秋。「私」は世界ではじめて原子爆弾の爆発実験がおこなわれたトリニティへ行くことにした。トリニティは「私」の八月九日の出発点である。ひと巡りすれば、八月九日を「私」の人生の円環に組み込める。縁が切れないのなら、呑み込んで終わらせよう。そう思い、「私」はトリニティ行きを決めた。現地の案内はカナの幼なじみの月子に頼んだ。

ニューメキシコのアルバカーキには九月二十九日に着いた。翌三十日、サンタフェに向った。その途中の空軍基地内にナショナル・アトミック・ミュージアムがあり、「私」の頭上に落ちたファットマンが飾ってあった。十月一日、「私」はロス・アラモスへ行った。ハンフォードとオークリッジで生産されたプルトニウムと濃縮ウランが、ここロス・アラモスに運ばれ、原子爆弾に組み立てられたのだ。

一日夜。「私」は茨城県那珂郡東海村の核燃料工場で臨界事故が発生したことを知った。二日午前六時半、「私」たちはトリニティへとむかった。四月と十月の最初の土曜日にゲイトが開いて、爆発点の「グランド・ゼロ」が見学できるのだ。「私」はこの日をめざしてトリニティへやって来た。九時十分、「私」はトリニティへ着いた。

「私」はグランド・ゼロにむかって歩いていった。四五年七月十六日、このグランド・ゼロにおいて世界で最初の原子爆弾の閃光が曠野の四方へ走った。被爆した日から五十五年と五十三日目に「私」はグランド・ゼロの地点に立った。「大地の底から、赤い山肌をさらした遠い山脈から、褐色の荒野から、ひたひたと無音の波が寄せてきた」。「私」は身を縮めつつ、「どんなに熱かったろう」と思う。

「私」は大地が、山脈が、荒野が閃光に貫かれ、焼け、そして沈黙したのを知った。地上で最初に被爆したのは広島の人間、次いで長崎の人間だと「私」は思ってきた。しかしそうではなかった。地上で最初に被爆したのは、物言わぬ大地であり、山脈であり、荒野であった。彼らは泣くことも、叫ぶこともできず、沈黙したままここにいる。そう悟った「私」の目に涙が流れた。「私」は八月九日に一滴の涙も流さなかった。十二日昼、母サエと姉敦子が「私」を探すために諫早を出て、午後九時に長崎市中新町の下宿先に着いた。この再会の時も「私」は泣かなかった。「万物すべてが声をなくした、マイナスにしか指向不可能な、ゼロ」地点に立ったとき、人は涙を流す余裕すらないのかもしれない。グランド・ゼロの大地は、泣くことも、叫ぶこともできないまま、ただ沈黙し、ここにいつづけた。その沈黙する自然を体感したとき、「私」をしばってきたゼロ地点が自然に消えた。こだわりもすべて溶けていた。

僕は「私」をそこに導いた不思議を全体として受容する。沈黙する自然を体感して涙をあふれさす「私」を信用する。不思議な回生である。他の何人にも語れない生の不思議である。日本人の精神の至高のかたちをここに発見できる。三浦観音三十三ヵ所巡りをしていたときには考えられなかった結末である。

「『グランド・ゼロ』に向かう私は、被爆する以前の、十四歳の少女に還っていたようだ」と林京子は書いている。この言葉はこのように文字で伝達する以外に他者に伝えようがないだろう。八月九日とともに歩きつづけてきた人間が到達した最後の語り言葉として長く記憶しつづけたいと思う。

年譜

林京子

一九三〇年（昭和五年）
八月二八日、父・宮崎宮治と母・小枝《さえ》の三女として、長崎県長崎市東山手町に生まれる。下に妹の四人姉妹。

一九三一年（昭和六年）　一歳
父が三井物産の石炭部勤務だった関係で、一家で赴任先の上海市密勒路二八一弄一二号に移住した。

一九三二年（昭和七年）　二歳
第一次上海事変勃発によって、長崎の伯母のもとへ一時帰国する。

一九三七年（昭和一二年）　七歳
上海居留団立中部日本尋常小学校に入学。七月、日中戦争によって長崎に一時帰国する。

一九四一年（昭和一六年）　一一歳
一二月八日、上海にて大東亜戦争開戦に遭遇する。小学校五年に在学中であった。

一九四三年（昭和一八年）　一三歳
四月、上海居留団立上海第一高等女学校に入学。

一九四五年（昭和二〇年）　一五歳
二月末、父を上海に残し、母と娘たちで帰国。京子は県立長崎高等女学校に編入し、市内十人町に下宿した。母とほかの姉妹とは、長崎県諫早市に疎開。五月より三菱兵器大橋工場に動員される。八月九日、同工場で勤務中に被爆。爆心地から一・四キロの地点であった。多くの学友が亡くなる中、命を取りとめるが、以後、原爆症による衰弱に悩む。同月一三日に迎えにきた母に連れられて徒歩で、諫早の疎開地に赴く。同月一五日、終戦。

一九四六年（昭和二一年）一六歳
一月、京子被爆の報を受けて父が帰国。その途上で引き揚げ船が機雷に接触する事故にあい、財産を失った。一二月、前年に出たGHQの財閥解体の覚書に従い、父の勤務先であった三井物産佐世保支店は閉鎖され、父が解雇された。

一九四七年（昭和二二年）一七歳
長崎高等女学校卒業。父にかわって母が家政婦などをして生計を支えた。

一九五〇年（昭和二五年）二〇歳
京都市伏見区に下宿して、大阪にあった中国資料研究所に勤務した。

一九五一年（昭和二六年）二一歳
結婚を機に上京し、杉並区荻窪に住む。

一九五三年（昭和二八年）二三歳
三月、長男が生まれる。健常児であったが、出産をきっかけに、原爆症の遺伝など、被爆の世代間連鎖の問題に向き合うこととなる。

一九五四年（昭和二九年）二四歳
横浜市篠原町に転居した。

一九六二年（昭和三七年）三二歳
逗子市新宿に転居する。

「文芸首都」の同人となり、小野京の筆名で小説を執筆しはじめる。同時期の同人に中上健次や勝目梓らがいた。以後、昭和四四年の同誌廃刊までに七編の小説と三編の随筆を発表した。

一九六八年（昭和四三年）三八歳
逗子市沼間に転居。昭和五四年に高速道路建設のために立ちのきを迫られるまで、同地に暮らす。

一九七〇年（昭和四五年）　四〇歳
父が享年七一歳で逝去。
一九七四年（昭和四九年）　四四歳
離婚。「食糧タイムズ」に以後一年半にわたり勤務する。
一九七五年（昭和五〇年）　四五歳
四月、「祭りの場」で群像新人文学賞を受賞し、六月、同誌に掲載される。「せめて人は人らしく死にたい、と願いながら」「夢の底でうごめいている少女たちの、そして私の墓標のつもりで書いた」（「受賞のことば」）。七月、同作品で第七三回芥川龍之介賞を受賞。「戦後三十年の被爆者の苦悩の現実性の上に、この作品の人を打つ力は築かれているのである」（大岡昇平「芥川賞選評」）。八月、『祭りの場』を講談社より刊行。九月、野呂邦暢との対談「昭和二十年八月九日――原爆体験と文学」（「文学界」）を発表。その中で、文体について「新聞記事のように淡々とした文体で書けたら一番わかってもらえるし、伝えられるんじゃないか、そうして自分もひっこめられるんじゃないか、ということで書いたんです」と発言する。
一九七七年（昭和五二年）　四七歳
二月、「家」（「文学界」）を発表。三月から翌年二月にかけて短編一二を連ねる形で「ギヤマン　ビードロ」（「群像」）を連載。「八月九日の、より総体的な人間の不幸を書くには、モザイク細工のように、とりどりの色あいの個を、八月九日にはめ込んでいくより方法はない」（「上海と八月九日」）との思いがあった。九月、「同期会」（「文学界」）を発表。
一九七八年（昭和五三年）　四八歳
五月、『ギヤマン　ビードロ』（講談社）を刊行。同作品で芸術選奨新人賞の内示を受けるが、「被爆者であるから、国家の賞は受けられない」という理由で辞退する。八月、「煙」（「群像」）、「昭和二十年の夏」（「文学界」）を発表。
一九七九年（昭和五四年）　四九歳
一月から一一月にかけて、「老太婆の路地」を皮切りに、隔月で上海体験を綴った短編連作を「海」に連載。一二月、「映写幕」（「婦人公論」）を発表。
一九八〇年（昭和五五年）　五〇歳
一月から一二月にかけて、「無きが如き」（「群像」）を連載。二月、『ミッシェルの口紅』（中央公論社）を刊行。一〇月、「生き残った私たち」（「文学界」）、「釈明」（「別冊婦人公論」）を発表。
一九八一年（昭和五六年）　五一歳
三月、「上海と八月九日」が『叢書・文化の現在4　中心と周縁』（岩波書店）に収録される。四月、「谷間の家」（「文学界」）を発表。五月、「潮」の取材で広島を訪ねる。六月、『無きが如き』（講談社）を刊行。八月、『自然を恋う』（中央公論社）を刊行し、戦後最初の上海旅行（六日間のパック・ツアー）をする。
一九八二年（昭和五七年）　五二歳
一月、中野孝次らが呼びかけ人となり五六二名の署名を集めた「核戦争の危機を訴える文学者の声明」に賛同し、署名する。同月、「無事——西暦一九八一年・原爆三七年」（「群像」）を発表。五月、「すり替え論流行りの時代に」（「世界」）を発表。六月から翌年三月にかけて、「上海」（「海」）を連載する。
一九八三年（昭和五八年）　五三歳
五月、『上海』（中央公論社）を刊行し、同作品で女流文学賞受賞。「嘗っての上海の近かった面と今日の大きく変革された上海の遠い面とを自分の念いのうちで離反させたくない〈私〉の意思的情熱など、上海に対する愛と、〈私〉にとっての上海のもつ多様な意味の深さが、読む者を衝つ」（河野多恵子「女流文学賞—選評」）。九月、『日本の原爆文学

3林京子』（ほるぷ出版）を刊行。一〇月、「三界の家」（「新潮」）を発表。

一九八四年（昭和五九年）五四歳

一月、戯曲「晴れた日に」（「すばる」）を発表。七月、「雨名月」（「新潮」）を発表。一一月、「星月夜」（「文学界」）を発表。同月、『三界の家』（新潮社）を刊行。同月、第一一回川端康成文学賞を受賞。

一九八五年（昭和六〇年）五五歳

五月、『道』（文芸春秋）を刊行。同月、「残照」（「文学界」）を発表。六月、子息のワシントン駐在に随行して、アメリカ合衆国ヴァージニア州に転居する。ここで、一〇月、初孫が生誕。

一九八六年（昭和六一年）五六歳

一月、「谷間」（「群像」）を発表。七月、「生存者たち」（「すばる」）を発表。一〇月、「蕗を煮る」（「群像」）を発表。「戦争花嫁」として暮らす在米日本女性たちから話を聞くなど、アメリカ各地を精力的に訪問した。

一九八七年（昭和六二年）五七歳

七月、「二月の雪」（「群像」）を発表。一〇月、「雛人形」（「群像」）を発表。

一九八八年（昭和六三年）五八歳

一月、『谷間』（講談社）を刊行。四月、「眠る人びと」（「群像」）を発表。五月、『ヴァージニアの蒼い空』（中央公論社）を刊行。六月、アメリカより帰国する。一〇月、「遠景」（「群像」）を発表。

一九八九年（平成元年）五九歳

二月、『輪舞』（新潮社）を刊行。四月、「See you ヤング・チャ」（「新潮」）を発表。五月、『ドッグウッドの花咲く町』（影書房）を刊行。七月、「亜熱帯」（「新潮」）を発表。

一九九〇年（平成二年）六〇歳

二月、「やすらかに今はねむり給え」（「群像」）を発表し、五月に同作品で谷崎潤一郎賞を受賞。六月、同作品を講談社より刊行。

七月、「ひとり占い」(「新潮」)を発表。八月、「河へ」(「文学界」)を発表。

一九九一年(平成三年)　六一歳

一月、「感謝祭まで」(「群像」)を発表。二月、五島列島に旅行する。三月、「ローズの帰国」(「中央公論—文芸特集」)を発表。七月、「芝居見物」(「文学界」)を発表。九月、「アイ　ノウ　イッツ」(「中央公論—文芸特集」)を発表。同月、母が享年八九歳で逝去。

一九九二年(平成四年)　六二歳

一月、「溶岩」(「新潮」)を発表。八月、『瞬間の記憶』(新日本出版社)を刊行。一二月、「九月の太陽」(「新潮」)を発表。

一九九三年(平成五年)　六三歳

三月、「小雨に烟るキャプテン・クックの通り」(「中央公論—文芸特集」)を発表。九月、「還暦の花嫁」(「中央公論—文芸特集」)を発表。

一九九四年(平成六年)　六四歳

一月、「ご先祖さま」(「群像」)を発表。二月、『青春』(新潮社)を刊行。三月、「おばんざい」(「中央公論—文芸特集」)を発表。九月、「旅行」(「中央公論—文芸特集」)、「まち」(「群像」)を発表。

一九九五年(平成七年)　六五歳

五月、『老いた子が老いた親をみる時代』(講談社)を刊行。一〇月、「五〇年は平和の一節」(「中央公論」)を発表。同月七日、戯曲「フォアグラと公僕」がNHK／FMでラジオドラマとして放送され、同ドラマが芸術作品賞を受賞する。

一九九六年(平成八年)　六六歳

三月、「フォアグラと公僕」(「群像」)を発表。五月、『樫の木のテーブル』(中央公論社)刊行。八月、「玩具箱」(「新潮」)を発表。夏、戦後二度目の上海旅行をする。自身の親しんだ黄浦江を遊覧すると同時に、芥川龍之介の『支那游記』にも思いを馳せた(「上海の旅で」、八月七日、読売新聞)。一〇月、『おさきに』(講談社)を刊行。

一九九七年(平成九年) 六七歳

一月、「夫人の部屋」(「文学界」)を発表。七月、「仮面」(「群像」)を発表。八月、「ブルースアレイ」(「文学界」)を発表。

一九九八年(平成一〇年) 六八歳

一月、「チチへの挽歌」(「文学界」)を発表。一〇月、「思うゆえに」(「新潮」)を発表。一一月、『予定時間』(講談社)を刊行。

一九九九年(平成一一年) 六九歳

人類初の原爆実験が行われた、アメリカ合衆国ニューメキシコ州の「トリニティ・サイト」を訪問する。一〇月、「長い時間をかけた人間の経験」(「群像」)を発表。一一月、「夏菊」(「新潮」)を発表。

二〇〇〇年(平成一二年) 七〇歳

九月、『長い時間をかけた人間の経験』(講談社)を刊行。一一月、同作品で野間文芸賞受賞。「二十五年次々と書いていくうちに視野が広がり、友人たちのあわれさや涙の中にあるものが人間全部の命の問題だと考えるようになりました」(受賞の記者会見でのことば)。

二〇〇一年(平成一三年) 七一歳

一月、講談社文芸文庫『上海・ミッシェルの口紅 林京子中国小説集』刊行される。一一月、「芸術至上主義文芸」(二七号)で「特集・林京子の世界」組まれる。そこに講演「八月九日からトリニティまで」と「鼎談・林京子さんを囲んで」掲載される。

二〇〇四年(平成一六年) 七四歳

二月、肥田舜太郎『ヒロシマを生きのびて——被爆医師の戦後史——』(あけび書房)に「寄稿・肥田舜太郎先生のこと」を執筆する。

二〇〇五年(平成一七年) 七五歳

一月、「群像」に短編小説「幸せな日日」を発表。三月、『希望』(講談社)刊行。六月、『林京子全集』全八巻(日本図書センター)を刊行。

(金井景子編)

著書目録

林京子

【単行本】

祭りの場　昭50・8　講談社
ギヤマン　ビードロ　昭53・5　講談社
ミッシェルの口紅　昭55・2　中央公論社
無きが如き　昭56・6　講談社
自然を恋う　昭56・8　中央公論社
上海　昭58・5　中央公論社
三界の家　昭59・11　新潮社
道　昭60・5　文芸春秋
谷間　昭63・1　講談社
ヴァージニアの蒼い空　昭63・5　中央公論社
輪舞　平1・2　新潮社
ドッグウッドの花咲く町　平1・5　影書房
やすらかに今はねむり給え　平2・6　講談社
瞬間の記憶　平4・8　新日本出版社
青春　平6・2　新潮社
老いた子が老いた親をみる時代　平7・5　講談社
樫の木のテーブル　平8・5　中央公論社
おさきに　平8・10　講談社
予定時間　平10・11　講談社
長い時間をかけた人間の経験　平12・9　講談社
希望　平17・3　講談社

【全集】

林京子全集　全8巻　平17・6〜　日本図書センター

日本の原爆文学3　昭58　ほるぷ出版
芥川賞全集10　昭57　文芸春秋
女性作家シリーズ15　平11　角川書店

【文庫】

祭りの場・ギヤマン　ビードロ（解＝川西政明　案＝金井景子　著）　昭63　文芸文庫
上海・ミッシェルの口紅（解＝川西政明　年＝金井景子　著）　平13　文芸文庫

（作成・金井景子）

「著書目録」は著者の校閲を経た。原則として、編著・再刊本等は入れなかった。／【文庫】の（　）内の略号は、解＝解説　案＝作家案内　年＝年譜　著＝著書目録を示す。

本書は、二〇〇〇年九月講談社刊『長い時間をかけた人間の経験』を底本として使用し、多少ふりがなを加えました。

長《なが》い時《じ》間《かん》をかけた人間《にんげん》の経験《けいけん》

林《はやし》　京子《きょうこ》

二〇〇五年 六 月一〇日第一刷発行
二〇二三年一〇月一三日第五刷発行

発行者――髙橋明男
発行所――株式会社　講談社
東京都文京区音羽2・12・21　〒112-8001
電話　編集（03）5395・3513
販売（03）5395・5817
業務（03）5395・3615

デザイン―菊地信義
印刷――株式会社KPSプロダクツ
製本――株式会社国宝社
本文データ制作―講談社デジタル製作

定価はカバーに表示してあります。

講談社
文芸文庫

ISBN4-06-198407-1

中島敦	光と風と夢｜わが西遊記	川村 湊――解／鷺 只雄――案
中島敦	斗南先生｜南島譚	勝又 浩――解／木村一信――案
中野重治	村の家｜おじさんの話｜歌のわかれ	川西政明――解／松下 裕――案
中野重治	斎藤茂吉ノート	小高 賢――解
中野好夫	シェイクスピアの面白さ	河合祥一郎-解／編集部――年
中原中也	中原中也全詩歌集 上・下 吉田凞生編	吉田凞生――解／青木 健――案
中村真一郎	この百年の小説 人生と文学と	紅野謙介――解
中村光夫	二葉亭四迷伝 ある先駆者の生涯	絓 秀実――解／十川信介――案
中村光夫選	私小説名作選 上・下 日本ペンクラブ編	
中村武羅夫	現代文士廿八人	齋藤秀昭――解
夏目漱石	思い出す事など｜私の個人主義｜硝子戸の中	石﨑 等――年
成瀬櫻桃子	久保田万太郎の俳句	齋藤礎英――解／編集部――年
西脇順三郎	*ambarvalia*｜旅人かへらず	新倉俊一――人／新倉俊一――年
丹羽文雄	小説作法	青木淳悟――解／中島国彦――年
野口冨士男	なぎの葉考｜少女 野口冨士男短篇集	勝又 浩――解／編集部――年
野口冨士男	感触的昭和文壇史	川村 湊――解／平井一麥――年
野坂昭如	人称代名詞	秋山 駿――解／鈴木貞美――案
野坂昭如	東京小説	町田 康――解／村上玄一――年
野崎 歓	異邦の香り ネルヴァル『東方紀行』論	阿部公彦――解
野間 宏	暗い絵｜顔の中の赤い月	紅野謙介――解／紅野謙介――年
野呂邦暢	[ワイド版]草のつるぎ｜一滴の夏 野呂邦暢作品集	川西政明――解／中野章子――年
橋川文三	日本浪曼派批判序説	井口時男――解／赤藤了勇――年
蓮實重彥	夏目漱石論	松浦理英子-解／著者――年
蓮實重彥	「私小説」を読む	小野正嗣――解／著者――年
蓮實重彥	凡庸な芸術家の肖像 上 マクシム・デュ・カン論	
蓮實重彥	凡庸な芸術家の肖像 下 マクシム・デュ・カン論	工藤庸子――解
蓮實重彥	物語批判序説	磯﨑憲一郎-解
蓮實重彥	フーコー・ドゥルーズ・デリダ	郷原佳以――解
花田清輝	復興期の精神	池内 紀――解／日高昭二――年
埴谷雄高	死霊 Ⅰ Ⅱ Ⅲ	鶴見俊輔――解／立石 伯――年
埴谷雄高	埴谷雄高政治論集 埴谷雄高評論選書1 立石伯編	
埴谷雄高	酒と戦後派 人物随想集	
濱田庄司	無盡蔵	水尾比呂志-解／水尾比呂志-年
林 京子	祭りの場｜ギヤマン ビードロ	川西政明――解／金井景子――案

▶解=解説 案=作家案内 人=人と作品 年=年譜を示す。 2023年9月現在

講談社文芸文庫

林京子 ——長い時間をかけた人間の経験　川西政明——解／金井景子——年
林京子 ——やすらかに今はねむり給え|道　青来有一——解／金井景子——年
林京子 ——谷間|再びルイへ。　黒古一夫——解／金井景子——年
林芙美子 —晩菊|水仙|白鷺　中沢けい——解／熊坂敦子——案
林原耕三 —漱石山房の人々　山崎光夫——解
原民喜 ——原民喜戦後全小説　関川夏央——解／島田昭男——年
東山魁夷 —泉に聴く　桑原住雄——人／編集部——年
日夏耿之介 -ワイルド全詩（翻訳）　井村君江——解／井村君江——年
日夏耿之介 -唐山感情集　南條竹則——解
日野啓三 —ベトナム報道　著者——年
日野啓三 —天窓のあるガレージ　鈴村和成——解／著者——年
平出隆 ——葉書でドナルド・エヴァンズに　三松幸雄——解／著者——年
平沢計七 ——一人と千三百人|二人の中尉 平沢計七先駆作品集　大和田 茂——解／大和田 茂——年
深沢七郎 —笛吹川　町田 康——解／山本幸正——年
福田恆存 —芥川龍之介と太宰治　浜崎洋介——解／齋藤秀昭——年
福永武彦 —死の島 上・下　富岡幸一郎-解／曾根博義——年
藤枝静男 —悲しいだけ|欣求浄土　川西政明——解／保昌正夫——案
藤枝静男 —田紳有楽|空気頭　川西政明——解／勝又 浩——案
藤枝静男 —藤枝静男随筆集　堀江敏幸——解／津久井 隆——年
藤枝静男 —愛国者たち　清水良典——解／津久井 隆——年
藤澤清造 —狼の吐息愛憎一念 藤澤清造 負の小説集 西村賢太編・校訂　西村賢太——解／西村賢太——年
藤澤清造 —根津権現前より 藤澤清造随筆集 西村賢太編　六角精児——解／西村賢太——年
藤田嗣治 —腕一本|巴里の横顔 藤田嗣治エッセイ選 近藤史人編　近藤史人——解／近藤史人——年
舟橋聖一 —芸者小夏　松家仁之——解／久米 勲——年
古井由吉 —雪の下の蟹|男たちの円居　平出 隆——解／紅野謙介——案
古井由吉 —古井由吉自選短篇集 木犀の日　大杉重男——解／著者——年
古井由吉 —槿　松浦寿輝——解／著者——年
古井由吉 —山躁賦　堀江敏幸——解／著者——年
古井由吉 —聖耳　佐伯一麦——解／著者——年
古井由吉 —仮往生伝試文　佐々木 中——解／著者——年
古井由吉 —白暗淵　阿部公彦——解／著者——年
古井由吉 —蜩の声　蜂飼 耳——解／著者——年
古井由吉 —詩への小路 ドゥイノの悲歌　平出 隆——解／著者——年
古井由吉 —野川　佐伯一麦——解／著者——年

講談社文芸文庫

古井由吉	―東京物語考	松浦寿輝―解／著者―年
古井由吉 佐伯一麦	―往復書簡『遠くからの声』『言葉の兆し』	富岡幸一郎―解
古井由吉	―楽天記	町田 康―解／著者―年
北條民雄	―北條民雄 小説随筆書簡集	若松英輔―解／計盛達也―年
堀江敏幸	―子午線を求めて	野崎 歓―解／著者―年
堀江敏幸	―書かれる手	朝吹真理子―解／著者―年
堀口大學	―月下の一群（翻訳）	窪田般彌―解／柳沢通博―年
正宗白鳥	―何処へ|入江のほとり	千石英世―解／中島河太郎―年
正宗白鳥	―白鳥随筆 坪内祐三選	坪内祐三―解／中島河太郎―年
正宗白鳥	―白鳥評論 坪内祐三選	坪内祐三―解
町田康	―残響 中原中也の詩によせる言葉	日和聡子―解／吉田凞生・著者―年
松浦寿輝	―青天有月 エセー	三浦雅士―解／著者―年
松浦寿輝	―幽|花腐し	三浦雅士―解／著者―年
松浦寿輝	―半島	三浦雅士―解／著者―年
松岡正剛	―外は、良寛。	水原紫苑―解／太田香保―年
松下竜一	―豆腐屋の四季 ある青春の記録	小嵐九八郎―解／新木安利他―年
松下竜一	―ルイズ 父に貰いし名は	鎌田 慧―解／新木安利他―年
松下竜一	―底ぬけビンボー暮らし	松田哲夫―解／新木安利他―年
丸谷才一	―忠臣藏とは何か	野口武彦―解
丸谷才一	―横しぐれ	池内 紀―解
丸谷才一	―たった一人の反乱	三浦雅士―解／編集部―年
丸谷才一	―日本文学史早わかり	大岡 信―解／編集部―年
丸谷才一編	―丸谷才一編・花柳小説傑作選	杉本秀太郎―解
丸谷才一	―恋と日本文学と本居宣長|女の救はれ	張 競―解／編集部―年
丸谷才一	―七十句|八十八句	編集部―年
丸山健二	―夏の流れ 丸山健二初期作品集	茂木健一郎―解／佐藤清文―年
三浦哲郎	―野	秋山 駿―解／栗坪良樹―案
三木清	―読書と人生	鷲田清一―解／柿谷浩一―年
三木清	―三木清教養論集 大澤聡編	大澤 聡―解／柿谷浩一―年
三木清	―三木清大学論集 大澤聡編	大澤 聡―解／柿谷浩一―年
三木清	―三木清文芸批評集 大澤聡編	大澤 聡―解／柿谷浩一―年
三木卓	―震える舌	石黒達昌―解／若杉美智子―年
三木卓	―K	永田和宏―解／若杉美智子―年

講談社文芸文庫

水上勉	才市｜蓑笠の人	川村 湊――解／祖田浩一――案
水原秋櫻子	高濱虚子 並に周囲の作者達	秋尾 敏――解／編集部――年
道簱泰三編	昭和期デカダン短篇集	道簱泰三――解
宮本徳蔵	力士漂泊 相撲のアルケオロジー	坪内祐三――解／著者――年
三好達治	測量船	北川 透――人／安藤靖彦――年
三好達治	諷詠十二月	高橋順子――解／安藤靖彦――年
村山槐多	槐多の歌へる 村山槐多詩文集 酒井忠康編	酒井忠康――解／酒井忠康――年
室生犀星	蜜のあわれ｜われはうたえどもやぶれかぶれ	久保忠夫――解／本多 浩――案
室生犀星	加賀金沢｜故郷を辞す	星野晃一――人／星野晃一――年
室生犀星	深夜の人｜結婚者の手記	髙瀨真理子―解／星野晃一――年
室生犀星	かげろうの日記遺文	佐々木幹郎―解／星野晃一――解
室生犀星	我が愛する詩人の伝記	鹿島 茂――解／星野晃一――年
森敦	われ逝くもののごとく	川村二郎――解／富岡幸一郎―案
森茉莉	父の帽子	小島千加子―人／小島千加子―年
森茉莉	贅沢貧乏	小島千加子―人／小島千加子―年
森茉莉	薔薇くい姫｜枯葉の寝床	小島千加子―解／小島千加子―年
安岡章太郎	走れトマホーク	佐伯彰一――解／鳥居邦朗――案
安岡章太郎	ガラスの靴｜悪い仲間	加藤典洋――解／勝又 浩――案
安岡章太郎	幕が下りてから	秋山 駿――解／紅野敏郎――案
安岡章太郎	流離譚 上・下	勝又 浩――解／鳥居邦朗――年
安岡章太郎	果てもない道中記 上・下	千本健一郎―解／鳥居邦朗――年
安岡章太郎	[ワイド版]月は東に	日野啓三――解／栗坪良樹――案
安岡章太郎	僕の昭和史	加藤典洋――解／鳥居邦朗――年
安原喜弘	中原中也の手紙	秋山 駿――解／安原喜秀――年
矢田津世子	[ワイド版]神楽坂｜茶粥の記 矢田津世子作品集	川村 湊――解／高橋秀晴――年
柳宗悦	木喰上人	岡本勝人――解／水尾比呂志他―年
山川方夫	[ワイド版]愛のごとく	坂上 弘――解／坂上 弘――年
山川方夫	春の華客｜旅恋い 山川方夫名作選	川本三郎――解／坂上 弘―案・年
山城むつみ	文学のプログラム	著者――年
山城むつみ	ドストエフスキー	著者――年
山之口貘	山之口貘詩文集	荒川洋治――解／松下博文――年
湯川秀樹	湯川秀樹歌文集 細川光洋選	細川光洋――解
横光利一	上海	菅野昭正――解／保昌正夫――案
横光利一	旅愁 上・下	樋口 覚――解／保昌正夫――年

吉田健一	金沢|酒宴	四方田犬彦—解／近藤信行—案
吉田健一	絵空ごと|百鬼の会	高橋英夫—解／勝又 浩—案
吉田健一	英語と英国と英国人	柳瀬尚紀—人／藤本寿彦—年
吉田健一	英国の文学の横道	金井美恵子—人／藤本寿彦—年
吉田健一	思い出すままに	粟津則雄—人／藤本寿彦—年
吉田健一	時間	高橋英夫—解／藤本寿彦—年
吉田健一	旅の時間	清水 徹—解／藤本寿彦—年
吉田健一	ロンドンの味 吉田健一未収録エッセイ 島内裕子編	島内裕子—解／藤本寿彦—年
吉田健一	文学概論	清水 徹—解／藤本寿彦—年
吉田健一	文学の楽しみ	長谷川郁夫—解／藤本寿彦—年
吉田健一	交遊録	池内 紀—解／藤本寿彦—年
吉田健一	おたのしみ弁当 吉田健一未収録エッセイ 島内裕子編	島内裕子—解／藤本寿彦—年
吉田健一	[ワイド版]絵空ごと|百鬼の会	高橋英夫—解／勝又 浩—案
吉田健一	昔話	島内裕子—解／藤本寿彦—年
吉田健一訳	ラフォルグ抄	森 茂太郎—解
吉田知子	お供え	荒川洋治—解／津久井 隆—年
吉田秀和	ソロモンの歌|一本の木	大久保喬樹—解
吉田 満	戦艦大和ノ最期	鶴見俊輔—解／古山高麗雄—案
吉田 満	[ワイド版]戦艦大和ノ最期	鶴見俊輔—解／古山高麗雄—案
吉本隆明	西行論	月村敏行—解／佐藤泰正—案
吉本隆明	マチウ書試論|転向論	月村敏行—解／梶木 剛—案
吉本隆明	吉本隆明初期詩集	著者—解／川上春雄—案
吉本隆明	マス・イメージ論	鹿島 茂—解／高橋忠義—年
吉本隆明	写生の物語	田中和生—解／高橋忠義—年
吉本隆明	追悼私記 完全版	高橋源一郎—解
吉本隆明	憂国の文学者たちに 60年安保・全共闘論集	鹿島 茂—解／高橋忠義—年
吉屋信子	自伝的女流文壇史	与那覇恵子—解／武藤康史—年
吉行淳之介	暗室	川村二郎—解／青山 毅—案
吉行淳之介	星と月は天の穴	川村二郎—解／荻久保泰幸—案
吉行淳之介	やわらかい話 吉行淳之介対談集 丸谷才一編	久米 勲—年
吉行淳之介	やわらかい話2 吉行淳之介対談集 丸谷才一編	久米 勲—年
吉行淳之介	街角の煙草屋までの旅 吉行淳之介エッセイ選	久米 勲—解／久米 勲—年
吉行淳之介	[ワイド版]私の文学放浪	長部日出雄—解／久米 勲—年
吉行淳之介	わが文学生活	徳島高義—解／久米 勲—年